A CONTROVÉRSIA

JEAN-CLAUDE CARRIÈRE

A controvérsia

Tradução
André Viana
Antonio Carlos Viana

COMPANHIA DAS LETRAS

Título original
La controverse de Valladolid

Capa
Dupla Design
sobre *O rei inca vai ao encontro de Pizarro*, gravura em cobre impressa e publicada por Theodor de Bry em Frankfurt, em 1956.

Preparação
Eugênio Vinci de Moraes

Revisão
Renato Potenza Rodrigues
Otacílio Nunes

Dados Internacionais de Catalogação na Publicação (CIP)
(Câmara Brasileira do Livro, SP, Brasil)

Carrière, Jean-Claude
A controvérsia / Jean-Claude Carrière ; tradução André Viana, Antonio Carlos Viana. — São Paulo : Companhia das Letras, 2003.

Título original: La controverse de Valladolid
ISBN 85-359-0438-7

1. Ficção francesa I. Título.

03-6031 CDD-843

Índice para catálogo sistemático:
1. Ficção : Literatura francesa 843

[2003]

EDITORA SCHWARCZ LTDA.
Rua Bandeira Paulista 702 cj. 32
04532-002 — São Paulo — SP
Telefone (11) 3707-3500
Fax (11) 3707-3501
www.companhiadasletras.com.br

A Luis Buñuel

Nota

A controvérsia de Valladolid é um evento histórico, mas não aconteceu como eu a relato aqui. Se ela opôs, com bastante aspereza, o dominicano Las Casas e seu adversário Sepúlveda, não é certo que eles tenham se encontrado e debatido em público. Sabe-se que eles trocaram textos, que foram discutidos, que Las Casas falou longamente (a ponto de cansar sua platéia), e que a controvérsia foi retomada no ano seguinte, em 1551. As conclusões jamais foram, parece, oficialmente proclamadas.

A intervenção de um delegado do papa, a aparição de colonos, dos índios, a concordância cronológica entre as decisões finais, tudo isso inventei, tentando, na medida do possível, não me distanciar da verossimilhança. Minha única intenção foi transformar uma narrativa difusa numa espécie de drama, tensionando e endurecendo a ação. A verdade que procuro nesta narrativa não é histórica, mas dramática.

Minhas liberdades param por aí. Para todo o resto, que constitui evidentemente o essencial — os episódios da história e os argumentos trocados —, segui escrupulosamente tudo o que pude ler e aprender. Nada inventei nas considerações teológicas, raciais e culturais. Não descuidei nem mesmo do vocabulário.

Se forem encontrados, como é provável, erros ou omissões, eles são fruto exclusivo de meu estouvamento e de minha ignorância. Espero, ao modificar a letra da história, ter preservado o espírito, e reencontrado talvez o sentimento.

Além das obras clássicas, de Las Casas, de Sepúlveda, do próprio Cortés, de Bernal Diaz del Castillo, de Sahagun, e de outras narrativas e comentários da época, preciso, entre as publicações recentes, agradecer a Tzvetan Todorov por seu excelente estudo A conquista da América (A questão do outro), *e a apresentação que ele fez, com Georges Baudot, das* Narrativas astecas da Conquista.

Igualmente consultei Las Casas indigéniste, *de André Saint-Lu* (*L'Harmattan*), *o livro de Francis Orhant,* Bartolomé de Las Casas (*Les Éditions ouvrières*). Le destin brisé de l'empire aztèque, *de Serge Gruzinski* (*Découvertes,Gallimard*), *e* Bartolomé de Las Casas, l'Évangile et la force, *de Marianne Mahn-Lot* (*Le Cerf*).

Também sou imensamente agradecido aos documentos reunidos por Jean-Paul Duviols em sua tese L'Amérique espagnole vue et rêvée, *bela obra publicada pela editora Promodis, e a* Destins croisés, cinq siècles de rencontres avec les Amérindiens (*Unesco, Albin Michel*).

Por fim, partilhei a análise e as emoções de J. M. G. Le Clézio em Le rêve mexicain, ou la pensée interrompue, *e admirei sua apresentação da* Relation de Michoacan, *ambos publicados pela Gallimard.*

J.-C. C.

1.

Novas gentes. Quem seriam?

Os habitantes do Japão, da China, que Marco Polo visitou? Os descendentes de uma das tribos perdidas de Israel? Os homens fabulosos de Tule, dos quais se falava desde a Antigüidade, desde que um navegador marselhês, chamado Píteas, ao voltar de um périplo pelo grande oceano do Oeste, tinha contado coisas incríveis? Mas todos sabem como os marselheses exageram.

Seriam de uma raça nova, jamais vista por alguém? Aquela ilha, que os espanhóis chamam de Hispaniola, uma das primeiras onde aportou Colombo, a primeira em que — para infelicidade de todos — ele encontrou indígenas com enfeites de ouro nas orelhas, não seria a ilha de Ofir, a que se refere a Bíblia, onde Salomão mandava buscar o mais importante dos metais?

Seriam os temíveis guardiães das maçãs de ouro das Hespérides, cujo jardim tornou-se finalmente acessível? Os descendentes dos marinheiros de Jasão? Ou os escravos dos Titãs?

Seriam os litófagos, o povo que comia pedras, os habitantes dos Antípodas — que caminham com a cabeça no chão, apesar de Aristóteles o ter negado —, os que têm uma bocarra aberta até o meio do peito, uma larga cauda no fim das vértebras, um olho vermelho atrás da cabeça? Seriam os que têm os pés voltados para trás?

Seriam talvez os homens com cabeça de cão, os ferocíssimos cinocéfalos, que se alimentam de carne humana bem fresca?

Seriam talvez criaturas infernais, visto que a maior parte do tempo vivem nus, sem pudor algum? Teriam, por acidente, chegado ao reino do Diabo?

Outros diziam o contrário — e o próprio Colombo não estava longe de pensar assim, ele que se dizia um mensageiro escolhido por Deus —, que diante de árvores tão altas, de um ar tão cálido, podiam estar nas paragens exatas do paraíso, que diziam com certeza estar localizado bem no alto de uma imensa montanha, no fim do mundo; um paraíso verdadeiramente terrestre, isto é, situado na Terra, de onde a água corria por quatro rios gigantescos, e se podia beber na Fonte da Juventude.

Outra prova, distante da idéia de monstros: o estado de natureza, de completa inocência e graça, vivido pelos habitantes daqueles lugares quentes e verdejantes. Frutos desconhecidos pendiam das árvores, animais estranhos — poupados pelo dilúvio, que por ali não fora cruel — corriam pelas florestas e giravam nos espetos. Diziam até que certas aves falavam correntemente línguas humanas, pássaros anteriores a Babel, portadores de que segredos? Não faltava nem a serpente, que se encontrava a cada passo: criatura por excelência do paraíso.

Mas por que Deus, guia seguro da armada cristã, teria conduzido os espanhóis (sob a chefia de um genovês) até aquelas plagas milagrosas? Com que objetivo, claro ou oculto? Para estabelecer, enfim, o triunfo da verdadeira fé, conduzindo aquelas estranhas naus até as portas das origens do mundo? Mais simplesmente, para enriquecer os cofres do rei e, por tabela, os da

Igreja? Porque o ouro é uma coisa esplendorosa, como dizia o mesmo Colombo. Nisso ele tem razão. O ouro pode servir a vários fins, "inclusive para conduzir almas ao paraíso".

O paraíso? Mas nesse caso, quem são esses habitantes? Primos de Adão e Eva, até então desconhecidos? Os corpos ressuscitados dos cristãos de outras eras, absolvidos pelo supremo tribunal? Anjos com asas invisíveis?

Quem serão?

As primeiras versões logo se dissiparam. Era possível catalogá-los entre as espécies humanas? Sem dúvida alguma. O primeiro soldado que pulou sobre uma mulher e a engravidou deu uma rápida demonstração disso. E eles também sorriam — no começo, pelo menos —, imitavam os gestos e também as palavras dos que os haviam descoberto. À noite, fechavam os olhos e dormiam. Não conseguiam respirar debaixo d'água, como demonstrou a experiência, nem encarar o sol. Eles berravam quando alguém os machucava. Cansados, repousavam.

Homens e mulheres. Mas de que espécie? Pertencentes a que categoria? O distante pensamento de Aristóteles ainda domina a razão. Mesmo que a natureza por vezes se engane, se nem sempre podemos contar com ela, é evidente que, no momento da criação e da expansão da raça humana, vários estágios foram previstos. Por exemplo: uns são civilizados, os outros bárbaros. Uns nasceram para comandar, outros para obedecer.

A bem da verdade, não demoraram muito a dizer que os povos recém-descobertos tinham por vocação a obediência. De aparência grosseira, sem escrita, sem arquitetura visível, sem religião organizada, eles eram escravos inatos, verdadeiros escravos por natureza.

Por isso, começaram a reuni-los, a recrutá-los, a pô-los rudemente para trabalhar, a algemá-los, para que não tivessem a menor tentação de fugir, a bater-lhes e até matá-los quando não escondiam o que eram, ou seja, quando se mostravam desobedientes e queriam viver à sua maneira.

Pouco importava a sua existência. Uma antiga tradição de escravatura, amplamente sustentada durante toda a Antigüidade por intermináveis cortejos de cativos — verdadeira moeda de troca internacional —, preparava a maior parte dos espíritos para esse novo episódio da exploração, algumas vezes ensandecida, do homem pelo homem; uma coisa era clara, e sem sombra de dúvida: as vidas situadas no topo da escala têm infinitamente mais valor que as situadas, pela natureza, nos patamares mais baixos.

De qualquer forma, espanhóis e portugueses sabiam perfeitamente que ao longo da Idade Média esse comércio nunca deixou de existir, que os habitantes do Saara, e do norte da África, não paravam de conduzir pelo deserto caravanas de escravos negros, conquistados ou comprados no Sul, e destinados aos reinos do Norte, aos turcos, evidentemente, aos persas, aos mouros, e também, vez por outra, aos cristãos.

Deus, pela descoberta providencial daquilo que iria se chamar América (nome herdado de um outro navegador, Américo Vespúcio, amigo de Colombo), dava então aos brancos cristãos, em terras novas, uma nova população de servos. Graças a Deus.

Para dizer a verdade (tentar dizer, em todo caso), se a maior parte dos aventureiros embarcados nas caravelas — e eles se multiplicam nos anos seguintes — não demonstrava nenhum tipo de escrúpulo ao maltratar os indígenas, muito menos bem armados, outros europeus se comoveram desde os primeiros tempos. A primeira bula papal, por exemplo, que reconhece desde o fim de 1492 a soberania da Espanha sobre as novas terras do Oeste, a que chamam Índias (no ano seguinte esses territórios serão divididos entre Espanha e Portugal), fala de indígenas "pacíficos", que, antes de tudo, têm de ser levados à fé católica.

Ainda orgulhosos do prestígio da reconquista da Espanha aos mouros — pois a queda de Granada se deu em 1492, no mesmo ano em que Colombo chegou ao novo continente —, os soberanos muito católicos, símbolos da Espanha unificada, Fernando e Isabel, enviam missionários, sobretudo monges agostinianos, franciscanos e dominicanos, para pôr em prática o que dizia a bula papal.

E isso no exato momento em que a visão paradisíaca se apaga com grande velocidade. Afinal de contas, aqueles indígenas não suplantam os europeus em nada. Fala-se também de antropofagia, de brigas brutais, de bebedeira, de doenças decorrentes do abuso do sexo. Não havia por que poupá-los.

Os primeiros monges-missionários, que partiram entusiasmados, ficaram surpresos e muitas vezes decepcionados com o paraíso. Alguns entre eles, já naquele momento, protestaram contra o tratamento rude demais. Não conseguiram impedir que se disseminasse a escravidão e nem mesmo que quinhentos índios fossem empilhados num porão de navio, com mulheres e crianças, para serem enviados — butim de guerra, assim o queria a antiga tradição — até a Espanha.

Chocada, a rainha Isabel convocou uma reunião de teólogos, interrogou-os, escutou-os, e tomou a correta decisão de libertar os supostos escravos.

Ela foi a primeira a tentar organizar a defesa dos povos indígenas. Mas morreu em 1504. E a exploração dos caraíbas continuou. Um apelo irresistível vinha do Oeste. Depois da reconquista, a conquista. Barcos navegavam ao longo da costa, reconhecendo pouco a pouco a realidade de um continente imenso, até então desconhecido, insuspeitado, que bloqueava a rota para a China e ia dar talvez nas terras que se chamavam austrais, sem deixar nenhuma espécie de passagem que permitisse dar a volta ao mundo. Mas nada que não pudesse ser vencido.

De Sevilha, no que dizia respeito aos espanhóis, a famosa *Casa de Contratación* comandava em nome do rei a exploração das novas terras. Bem rapidamente — conquanto o ritmo das viagens continuasse muito lento —, fazia-se um cadastro, iniciava-se o cultivo da terra, cavavam-se minas. Havia ouro além daquele encontrado nas orelhas dos habitantes. As ondas de aventureiros não paravam de crescer. Nada havia que os intimidasse, nem o medo do naufrágio, nem o temor a Deus.

Desde 1501, por iniciativa de Isabel, pratica-se a *encomienda*, doação que a Espanha já pusera em prática na Andaluzia, nas terras que tinham sido recuperadas dos mouros. Um sistema muito simples, quase simples demais: entregam-se aos capitães espanhóis lotes de terra, geralmente bem extensos, com aldeias, rios, subsolo, populações. Os habitantes, reconquistados ou submetidos — ou simplesmente conquistados —, ficam à livre disposição dos novos senhores. Trabalham e pagam impostos. Um quinto de toda a riqueza vai para o rei. Sistema brutal, de um feudalismo bem arcaico no começo do século XVI, que confere ao chefe total poder sobre os bens e as pessoas. Mas o que se contava à rainha — quem vem de longe conta o que quer — era que as populações, refratárias aos métodos da verdadeira civilização, eram muito ariscas e fugiam para as montanhas. Que forma melhor de reagrupá-las senão essa *encomienda*, logo cercada e guardada por cães ferozes?

Desde 1511, um dominicano chamado Córdoba, ainda muito jovem, na recém-construída catedral de São Domingos, a capital de Hispaniola, faz um sermão violento contra os colonizadores. Um sermão arrasador. Publicamente, e dentro de um lugar sagrado, ele afirma que os indígenas são injustamente muito maltratados. Chega mesmo a dizer que eles são homens, dotados de uma razão, de uma alma, e que ele negará de agora em diante a absolvição aos espanhóis que ficarem com os bens roubados.

É o início de uma longa batalha, bem no Centro do mundo espanhol, no momento preciso em que a "lenda negra", as primeiras histórias de atrocidades, começa a ser divulgada por toda a Europa pela boca dos viajantes — histórias imediatamente exploradas pelos inimigos da Espanha, que a transformam num país cheio de torturadores.

Os colonos protestam duramente contra o sermão do jovem monge. Este volta à Espanha, é recebido pelo rei viúvo, consegue comovê-lo. Uma vez mais, teólogos, que jamais haviam posto o pé nas novas terras, se reúnem e propõem em 1512 o que ficou conhecido como as "leis de Burgos": na realidade, uma regulamentação que propunha reduzir o horário de trabalho nas *encomiendas*, insistindo uma vez mais na necessidade de dar uma educação católica aos filhos dos caciques.

Trabalho inútil. Ninguém alimentou a menor ilusão quanto ao poder de aplicação de uma regulamentação tão distante; tanto que as leis de Burgos, no ano seguinte, foram complementadas pela instituição do *requerimiento*, que faria a Europa rir e chorar.

Como criar um poder legal sobre indígenas tão recentemente descobertos? É muito simples, dizem alguns teólogos. Basta dirigir-se a eles, sob a boa proteção de uma escolta munida de fuzis (arma que eles ignoram e que os aterroriza), e ler diante deles um texto oficial em nome do rei, às vezes mesmo em espanhol, sem intérprete, em que se conta numa página a história geral do mundo desde a Criação e o estabelecimento da fé verdadeira com a vinda de Cristo à Terra. Breve e afirmativa leitura da verdade, que podemos imaginar na clareira de alguma floresta tropical, ante os índios boquiabertos, ou em alguma angra, na areia, perto do mar, e que termina assim: O papa Alexandre VI, representante de Deus, e agindo em seu nome, deu ao rei da Espanha direito sobre estas novas terras. Estas terras, *ipso facto*, deixam de pertencer aos índios (que só estavam ali por acaso, ou por erro, esperando a chegada dos verdadeiros donos) e passam para as mãos espanholas. Os índios ficam assim notificados com esta leitura. Conseqüentemente, eles são "convocados" a se submeter e cumprir dali em diante as ordens que lhes fossem dadas. De outra forma, cuidado. Poderiam ser tratados, naquilo que os espanhóis achavam ser terra deles, "a ferro e fogo".

Todos sabem perfeitamente — pelo menos do lado espanhol — o que essas duas palavras querem dizer.

É hábito, quando se conta a história de uma dominação, de uma conquista, colocar em primeiro plano o comerciante, seguido do missionário e do soldado, que vêm juntos. Não se pode esquecer o tabelião, cujo papel é fundamental. Basta ler algumas cartas de Cícero para seu protegido Trebácio, durante as guerras gaulesas, para ver até que ponto é importante levar aos bárbaros as maravilhas do direito romano. Toda espoliação é feita dentro da lei. Aqui também.

Como se sabe, essa incrível formalidade não serve para nada, nem do lado dos habitantes, que fogem para o mais longe possível dos "longos bastões carregados de fogo", nem do lado dos monges, alguns dos quais se põem a protestar vivamente, a denunciar o escândalo. Quanto aos colonizadores espanhóis — salvo algumas exceções —, continuam, sem demonstrar nenhuma crise de consciência aparente, a considerar os indígenas como um bando de animais domésticos. Em Cuba, por exemplo, trocam-se oitenta deles por um jumento.

Na Europa, a lenda negra fica ainda mais negra.

Em 1519, Martinho Lutero entra abertamente em luta contra o papado. A nova religião, que se diz cristã mas reformada, espalha-se rapidamente pelo norte da Europa, apoiada por príncipes, banqueiros, pensadores. Uma vez mais, em nome de uma correção das crenças, os povos vizinhos, que se conhecem e se misturam há séculos, agora se confrontam. Nações inteiras abandonam Roma.

Como interpretar o sucesso inquietante dessa heresia, que vai até o cisma, e que logo será seguida, a partir de 1534, pela secessão retumbante da Igreja da Inglaterra? Por que esses sinais de divisão e de abandono? Deus acaba de conceder à fé cristã tradicional, aquela que se acha fiel a Roma, um triunfo espetacular sobre os mouros, expulsos da Espanha. O Islã parece perdido. Não lhe dão muito tempo de vida.

Outra prova da assistência divina: a descoberta daquele novo mundo, claramente destinado à verdadeira fé de Cristo. Descoberta que, reforçando a derrota de Boabdil em Granada, levou a Espanha a uma tentativa de purificação fora do comum. Firmados em sua certeza cristã, os soberanos católicos, desde 1492, obrigaram os judeus da Espanha a se exilar, a menos que eles quisessem se converter, dando todas as provas de sinceridade.

Dez anos depois, em 1502, o poder real agiu da mesma forma — mas com outros métodos — com os muçulmanos que não tinham abandonado sua religião. O exílio ou a cruz: cabia-lhes escolher. E para se ter mesmo certeza de que tudo estava sendo cumprido, instalou-se o tribunal da Inquisição, cujo trabalho era examinar qualquer erro, qualquer recaída. Chegava-se até a pedir aos novos cristãos, aos *conversos*, provas da "pureza de seu sangue", quando eles pretendiam fazer parte das ordens religiosas, militares; pedia-se, sobretudo aos antigos muçulmanos, que freqüentemente continuavam a invocar seu deus do jeito que achavam correto.

Tudo conduzia a Espanha — mesmo a conquista de Navarra em 1512 e a esmagadora vitória sobre os franceses em 1525, em Pávia, onde o rei da França em pessoa, Francisco I, foi feito prisioneiro e depois encarcerado em Madri — ao caminho da certeza. E Deus, visivelmente, caminhava a seu lado. Então, por que Lutero? Por que Henrique VIII? Por que a hostilidade dos senhores alemães? Por que aquele recuo da fé? Simples prova da tenaz barbárie do Norte? Ou seria o quê?

Contra essa revolta herética, em que a política e o comércio, bem depressa (e como de hábito), se misturam com a teologia, a Igreja de Roma parece enfraquecida. Ela sofre com a corrupção dos papas Bórgia e com as orgias do Vaticano. Sofre para reencontrar sua vocação espiritual, sua ressonância sobrenatural — e isso apesar da contribuição considerável dos jesuítas, que virão em socorro, obedecendo ao papa "como seres mortos" e logo apaixonados pelas Índias do Oeste, pela educação, pela formação, pela conversão das sociedades primitivas à civilização cristã.

É quando, em 1519, como por uma estranha compensação do destino (dizia-se mais apropriadamente Providência), os espanhóis chegam com toda força ao litoral do México. Aqui, não se trata mais de povos inocentes, que viviam nus no meio da floresta. Trata-se de um império verdadeiro, dominado — faz pouco tempo, diga-se — pelos astecas, que oprimem uma boa dezena de outros povos. Trata-se de uma reunião de Estados meticulosamente organizados, com cidades, um imperador, uma religião definida, mitos, impostos, escravos. Não dá mais para se falar nem de paraíso nem de selvagens. Cortés insiste na "plena ordem" que se vê nas grandes cidades. Adeus, inocência; adeus, tempos primitivos.

Diante dessa nova situação, urge encontrar outras definições. O imaginário às vezes condescendente do começo, que ia do encantamento à crueldade, da ternura à zombaria, cede pouco a pouco o lugar para a história.

Fenômeno único no desenrolar dos séculos: dois impérios se encontram, ambos muito bem organizados, e que, no entanto, nunca se conheceram, nem por ouvir dizer. A Terra abrigava, pois, milhões de desconhecidos. Dos dois lados, estupefação; como se seres de aparência humana desembarcassem de um outro planeta. Não se tratava mais de estar diante de pessoas diferentes, de clãs, grupos, tribos. Estava-se diante de uma sociedade complexa, muito bem organizada em tudo.

Somente uma pergunta permanece imutável: Quem são eles?

Indubitavelmente, Deus desembarca no México com Cortés e seus soldados. Ele não abandona os espanhóis, pelo contrário. A vitória deles é rápida e sumária. A capital asteca, Tenochtitlan — que será o México —, cai em 1521. O resto também cairá. Riquezas fabulosas se anunciam, o que faz prever ali uma futura colônia com vários territórios anexados. Cortés, aliás, se faz nomear vice-rei. Ao jogar habilmente com o povo dividido e sua oposição ao imperador asteca, recorrendo a suas armas de fogo, a seus cavalos, aproveitando-se das novas e devastadoras doenças que são como aliados, apoiando-se em algumas antigas profecias que o apresentam como um semideus que retornou, ou, no mínimo, como seu mensageiro, ele estende as fronteiras do império espanhol em todas as direções possíveis, e até no espírito e no coração dos indígenas. É uma conquista prodigiosa (algumas centenas de soldados vão dominar cerca de vinte milhões de homens), mas que logo passa a fazer parte da longa história das guerras. No começo, existe em ambos os lados uma curiosidade legendária, que leva alguns cavaleiros espanhóis a nunca pisar o solo para dar a impressão de que homem e cavalo são uma só criatura, fabulosa e indivisível. Os índios, por sua vez, mergulham na água os cadáveres espanhóis e os observam atentamente para ver se vão apodrecer ou se conservar eternamente como se fossem deuses. Mas essas histórias logo vão desaparecer. O que há na verdade são dois grupos humanos que a história pôs brutalmente em confronto.

A imaginação se solta. Os sonhos se transportam então para as imensas florestas do Sul, para as montanhas que — os conquistadores começam a se dar conta — são como uma armadura sólida protegendo todo o continente, de cima a baixo. Naquelas terras, há rios tão vastos que se confundem com o mar. Às vezes, a água desses rios volta para as nascentes. As árvores são mais altas que as catedrais. Pedras falam. Com freqüência, sereias exibem-se sem nenhum pudor quando os navios passam, seios à mostra, nos turbilhões das águas revoltas. De onde vinham aqueles gigantescos volumes de água? E aquelas enormes montanhas que tocavam os céus? Colombo perguntava-se, então, se o Orinoco não tinha sua nascente no paraíso. Ou seria o Ganges, um dos quatro grandes rios do mundo?

Mais longe escondem-se as perigosas amazonas, enfim descobertas, que se vestem apenas com plumas e extirpam o seio direito para melhor apoiar o arco, como contavam os velhos historiadores gregos; e também povos de pele vermelha, que vivem nus sob uma chuva perene, comem macacos e serpentes, e que, no entanto, ergueram cidades enormes, cujas cúpulas foram todas construídas com o mais legítimo ouro.

Mas todas essas lendas também vão desaparecer pouco a pouco diante das investidas dos conquistadores. Colombo morre em 1506, levando consigo os sonhos puros da primeira geração de descobridores. Outros acorrem, cada vez mais numerosos, cada vez mais rapaces. Encontram-se facilmente homens de negócios para financiar uma expedição. E, logo, só o lucro importa. Pizarro, que nada tem de sonhador, conquista o império inca por meio da mentira e da violência. Como Cortés, ele lança mão das dissensões, uma disputa de sucessão entre Huáscar e Atahualpa, dois pretendentes ao trono. Ele compreende que a dominação dos incas é recente e frágil, consegue manter seus homens com promessas de butim; apóia-se, ele também, numa antiga profecia que prometia a volta de um deus. Estranho deus, que mata os deuses, que destrói as crenças solares, que assassina o imperador, representante do além — e que, ele mesmo, morrerá pela mão de simples mortais.

Outros se embrenham pelo istmo, pela Guatemala, pela Nicarágua, outros descem pelos grandes rios lamacentos, outros se aventuram pela floresta, a morrer de calor sob suas couraças. O ouro justifica todo esse sofrimento.

Ao mesmo tempo, o novo soberano da Espanha, Carlos V, aprende a gerir essa abundância de matéria preciosa que os Céus — sem dúvida alguma — colocam diariamente ao pé da coroa. Ele comanda uma larga rede de comerciantes, de atravessadores e armadores. Os empréstimos que consegue com os banqueiros italianos, alemães — ele precisa de muitíssimo dinheiro, já que a armada espanhola é a mais bem paga da Europa —, ele os garante com seus próprios recursos, com o "quinto" do rei. Todos os credores confiam nele, às vezes até os protestantes. As minas de além-mar parecem inesgotáveis. De lá vêm também especiarias, madeiras preciosas, o cacau, e legumes desconhecidos, e o tabaco que seduzirá o mundo. A Espanha saqueia suas florestas para construir às pressas armadas de galeões. Essas frotas regulares se organizam. Quando alguns dos navios se extraviam, são logo atacados pelos primeiros piratas ingleses, financiados secretamente pelos banqueiros de Londres.

Toda conquista é complexa. Todo abalo histórico implica,

apesar da curva quase inflexível sob a qual os acontecimentos se dão, uma parte de caos e de contradição. Apesar de todos os espanhóis e de todos os portugueses, até os monges, exceções à parte, parecerem concordar quanto à legitimidade da exploração da terra, apesar de todos pensarem com sinceridade que esses produtos, a começar pelo ouro e pela prata, são uma dádiva verdadeira de Deus, as opiniões logo vão divergir quanto à natureza e ao caráter dos habitantes, e, conseqüentemente, quanto ao valor de seus costumes e ao tratamento que lhes é dado.

No começo, os soldados destroem por destruir. Acham que foram para isso. Apesar dos gestos de admiração de Cortés e de muitos outros, eles põem as pirâmides abaixo — para que se edifiquem no lugar igrejas, recintos da verdadeira fé —, destroem uma arquitetura original, quebram as estátuas, queimam os códices, longas séries de desenhos e de textos que contavam a história daqueles povos.

Até aí, nada de novo. O vencido não tem nenhum direito. Desde o momento em que as armas lhe são contrárias, ele é abandonado pelas forças sobrenaturais e de alguma forma desaprovado. A persistência de sua existência terrestre não tem mais importância. Que ele desapareça, Deus ou os deuses acharão isso normal. César descreveu longamente algumas de suas operações militares, reservando-se, evidentemente, o belo papel de historiador, pois entre todos os direitos do vencedor está também o de contar. Mas ele não preservou a história de um só mito gaulês.

Se conquistei essa terra, foi porque Deus quis. Ele fez de mim o mais forte. A civilização que subjuguei, mesmo que eu não possa me impedir por momentos de a achar bela, só tem como futuro o desaparecimento. Era isso, sem dúvida, o que pensava Cortés, supondo-se que ele se preocupava com esse problema, algo difícil de comprovar.

Mas, bem depressa, alguns espanhóis se interessam verdadeiramente pelo que chamamos hoje de "culturas pré-colombianas". Indo além de uma simples curiosidade de viajantes, eles observam, anotam, desenham e relatam. Desses homens, o mais seguro em suas opiniões será o franciscano Sahagun, que trabalhará durante mais de trinta anos numa compilação minuciosa de todos os hábitos locais. Trabalho difícil, entremeado de lutas e armadilhas de toda espécie, sempre combatido pelas autoridades: Sahagun morrerá aos noventa anos sem ver sua obra publicada.

Os anos passam, os problemas continuam. Em 1537, pela bula *Sublimis Deus*, a Santa Sé renova suas exortações. Lê-se claramente ali que os índios são dotados de razão e dignidade, que eles não podem ser presos arbitrariamente, nem privados de seus bens. Lê-se também que eles devem ser "convidados à fé pelo poder da palavra e do exemplo dos bons costumes".

Uma vez mais, recomendações inúteis.

A conquista do México termina em 1546 com o domínio — conquistado a duras penas — dos maias do Yucatán. Cortés morre em desgraça, em 1547, mesmo ano em que nasce Cervantes. Desde a descoberta de 1492, uma terceira geração de espanhóis chega à idade adulta. Alguns relatos deixam o Novo Mundo mais próximo. Os espíritos se habituaram pouco a pouco com a existência de um continente, esse "novo hemisfério desconhecido dos antigos" já previsto por Colombo, e que nos mapas novos pensam estar ligado à Ásia, em direção ao norte. As lendas continuam a se desfazer, os monstros se diluem, os marinheiros vêem cada vez menos sereias. Já foram criados por lá vinte e três bispados. Os primeiros mestiços dos caraíbas têm cabelos brancos. Os do México já andam pelos vinte e cinco anos.

E, no entanto, o problema continua tão dilacerante quanto antes. Quem são eles? Como tratá-los de fato e de direito? As "novas leis" de 1542, logo ridicularizadas, caíram no vazio. A lei é sempre a do mais forte: hábito histórico. No entanto, tudo indica que a população indígena, sem condições de se revoltar, começa a diminuir em grande velocidade. Essa mão-de-obra gratuita, tão generosamente fornecida por Deus, irá faltar agora?

O sucesso militar e econômico da conquista é acompanhado, se se pode assim dizer, por um seriíssimo fracasso humano. Todas as conquistas, disputas, missões, estudos empreendidos pelas mais diferentes autoridades — e até algumas vezes por estrangeiros — não desfizeram a confusão. As mesmas afirmações contrárias se chocam sem que rei e papa esclareçam a questão. Subsiste uma parte de ambigüidade e de incerteza, que dá à lenda negra uma longevidade da qual a Espanha gostaria de se ver livre. Apesar de a Reforma praticamente poupar a península, e o catolicismo, uma vez restabelecido na Inglaterra por Maria Tudor, não tardar a desaparecer de vez assim que Elizabeth assumir o trono, uma mancha permanece sobre o século de ouro, e os inimigos só têm olhos para isso.

Depois de um longo pontificado de dezesseis anos, o papa Júlio III acaba de morrer. Paulo III, que o sucede, vai se mostrar preocupado, como seu predecessor, em restabelecer o prestígio do papado, em lavar qualquer mancha, em extinguir qualquer veneno. No mesmo instante, no mês de abril de 1550, Carlos V decide sustar provisoriamente as expedições de conquista, salvo exceções devidamente avalizadas por ele. Ninguém duvida dos problemas de consciência que parecem atormentá-lo, isso sem levar em conta as pressões eclesiásticas vindas de todos os cantos, inclusive do segredo dos confessionários. Daí, aquela necessidade, desde 1550, de uma acareação que se espera definitiva, de onde brotará a verdade, de uma vez por todas clara e indiscutível. Ela vai acontecer, a mando do próprio rei, em sua capital, Valladolid.

2.

Costuma-se sempre procurar um pretexto para decidir aqueles grandes debates em que as certezas são estabelecidas de forma duradoura. No presente caso, aconteceu o seguinte: um cônego de Córdoba, Gines de Sepúlveda, que construiu uma sólida reputação científica ao traduzir várias obras de Aristóteles e que por muito tempo viveu na Itália, acaba de publicar em Roma um perigoso trabalho intitulado *Democrates alter, sive de justis belli causis*, ou seja, *Das justas causas da guerra*.

Numa forma bastante em voga, a do diálogo, o autor põe frente a frente dois personagens fictícios e o título do livro deriva de um deles, Demócrates. É ele o porta-voz de Sepúlveda. Estes dois homens encontram um terceiro, ninguém menos que Hernán Cortés, o conquistador e vice-rei do México (que foi amigo pessoal do autor), e a querela começa. Até que ponto, perguntam-se, as guerras indígenas se justificam? A ação de Cortés e de outros foi legítima? Demócrates responde de maneira afirmativa a essas questões e Sepúlveda apresenta seus argumentos, que serão retomados ao longo da discussão.

O autor quer que seu livro seja publicado na Espanha. Mas os dominicanos das universidades de Alcalá e de Salamanca, que examinaram a obra, não deram o *imprimatur*, julgando-o contrário à verdade e à tradição apostólica. Sepúlveda insiste e faz com que intervenham aqueles — e são muitos — que têm todo o interesse em ver suas teses oficialmente reconhecidas. Essa disputa de influência é de fundamental importância: se o clero espanhol, observado pelo papado, autorizar a publicação de *Democrates*, implicitamente também estará aceitando suas assustadoras conclusões.

O rei nomeia uma comissão de teólogos que se reúne no mês de agosto em Valladolid, em Nova Castela. Sepúlveda verá, inevitavelmente, erguer-se diante de si um homem já muito famoso, arrebatado, o padre Bartolomeu de Las Casas.

Las Casas tem setenta anos.

Para esse incrível personagem, que até hoje suscita polêmicas quase sempre acerbas, o Novo Mundo é uma velha história; e essa história, que daria uma novela, vale ser evocada em algumas páginas, antes que o homem entre finalmente em cena.

Nascido em Sevilha, ele tem oito anos em 1492, quando os primeiros espanhóis pisam nas Antilhas. Como todos os garotos sevilhanos, certamente assistiu ao retorno da frota, na primavera de 1493. Viu descer das caravelas os sete índios com seus chapéus emplumados, e os papagaios, e as primeiras espigas de milho. Quem sabe até não provou dos novos frutos. Certamente, através da frenética multidão, avistou Cristóvão Colombo, cuja história contará mais tarde. Deve ter dançado com todo o povo, agradecido a Deus e emitido gritos de felicidade durante as grandes festas de Sevilha, em homenagem ao navegador.

O apelo do mar agita sua família. Seu pai e seu tio participam da segunda expedição, que desta vez conta com dezessete navios transportando duzentos homens. Ao chegarem lá, decepção e tristeza: não se encontra um único sobrevivente espanhol que tenha permanecido no local, não se descobre nenhuma mina de ouro que pudesse ser imediatamente explorada. Essa segunda expedição marca o início da tomada de posse, das espoliações contra os indígenas e das batalhas. Entre os índios vencidos e capturados (impiedosamente), o pai de Bartolomeu escolhe um, que envia a sua família, presente vivo das ilhas.

Bartolomeu — que vê, portanto, esse índio bem de perto, antes que seja libertado por ordem da rainha — cresce em Sevilha, onde já se podem ouvir todos os ecos da conquista. Ele estuda, recebe as ordens menores e em 1502, com dezoito anos, obedecendo a um chamado secreto cada vez mais forte, chega sua vez de embarcar.

Durante alguns anos, ele se sente bastante à vontade. Aceita o sistema de *encomienda* sem grandes questionamentos, descobre até mesmo vantagens nele. A ganância dos primeiros colonos, já em plena ação, não parece de modo algum incomodá-lo. Sua única preocupação, conforme sua vocação sacerdotal, parece ser, aproveitando o clima, conduzir os índios à fé católica, como pede com insistência a rainha.

Ele recebe terras, que passa a administrar. Durante dez anos, leva uma vida bastante aprazível, mostra-se sensível à beleza das paisagens, das flores, dos pássaros. Os problemas causados pela escravização dos nativos ainda não o atormentam. Ele afasta qualquer nuvem de seu novo céu.

Depois de uma viagem em que é ordenado padre em Roma, ele celebra em 1510 sua primeira missa no Novo Mundo. Parece ser a primeira vez que um jovem padre celebra uma primeira missa ali.

Como todos os outros, sem dúvida, ele é brutalmente atingido pelo sermão denunciador de Córdoba, outro jovem sacerdote, por aquela voz "que clama no deserto desta ilha". Seus olhos, seu coração se abrem. Ele tem vinte e sete anos.

Em 1514, vai a Cuba com os homens do capitão Narvaez, como capelão. Seu papel, como sempre, é o de levar a palavra sagrada. É lá que assiste ao primeiro massacre de índios, episódio que o deixa transtornado e que contará em seus livros.

Meses depois, como ele mesmo diz, "converte-se". Ainda que conduza com êxito a exploração de sua *encomienda*, reconhece seus erros, não pode mais tolerar a conivência tácita que parece existir entre os militares degoladores e a maioria dos representantes da Igreja. Está firme em sua posição e para ele a *encomienda* é uma "invenção satânica". Tudo que se faz nas Índias com os indígenas é "injusto e tirânico".

A partir de então, o resto de sua vida — espantosamente aventureira — não será mais do que um longo combate em defesa dos indígenas, através da palavra (muitas vezes veemente), de publicações, de incontáveis viagens, negociações, intervenções, solicitações e críticas. Mesmo admitindo — pelo menos em sua juventude, mais tarde mudará de opinião — que a conquista da "Nova Espanha" é legítima e irreversível, mesmo que constantemente afirme que cristãos e índios devem necessariamente viver e trabalhar unidos, ele luta agora por seu ideal de justiça.

Las Casas não está só. Os dois cardeais que governam a Espanha depois da morte do rei Fernando, em 1516, Cisneros e Adrián, concordam em parte com suas idéias, diferentemente do enérgico bispo de Burgos, Fonseca, que dirige no momento, em Sevilha, a *Casa de Contratación* — desacreditado órgão, submetido às paixões da corrupção, e que assiste até mesmo à prisão de vários de seus administradores.

Las Casas apresenta persistentemente seus planos pessoais

de colonização, que prevêem comunidades locais de trabalhadores índios e castelhanos. Ele acredita que uma ocupação pacífica da terra, conduzida por religiosos desarmados, é possível e até rentável.

Nomeado procurador dos indígenas ao retornar às Antilhas, ele tenta executar seus planos e encontra, entre os colonos, uma oposição ora virulenta, ora perversa. Espalham que ele tem péssima reputação, atacam-no com calúnias. Ele retorna à Espanha e se opõe publicamente, e de forma violenta, a um dos primeiros prelados do Novo Mundo, o bispo Quevedo, que o acusa de falar do que não conhece.

Las Casas afirma, com efeito, para quem quiser ouvir, que os índios são livres por natureza e que os espanhóis não têm nenhum direito sobre eles. A cada nova discussão, seria possível dizer que suas idéias se tornam cada vez mais precisas, mais radicais. Um novo argumento o anima, o rápido despovoamento das Antilhas, aquelas ilhas verdes onde a felicidade parecia ao alcance de qualquer um. No paraíso, mortalidade em alta. De volta à América, ele tenta explorar, segundo seus métodos, uma extensa propriedade, no norte da Venezuela. Junto, ele leva um grupo de camponeses espanhóis, para torná-los sócios dos índios.

Fracasso sangrento. Está próximo o fim das ilusões.

Ele aceita então vestir o hábito dominicano, o que o coloca para o resto da vida no seio de uma ordem poderosa e organizada. Bem protegido, ele vai à luta. Aos quarenta anos, tendo acesso aos arquivos de Cristóvão Colombo, morto já há muitos anos, ele se põe a escrever vários livros ao mesmo tempo. Seu grande projeto é contar a história completa das Índias, desde o princípio, sem poupar nenhum tipo de autoridade, e reabilitar a condição humana dos índios. Uma de suas obras se chamará: *Da única maneira de atrair todo o gênero humano à religião ver-*

dadeira. Essa maneira, ele nunca terá dúvida disto, é pacífica. Como fez Cristo.

A conquista do México ratifica sua posição radical. Seu ódio a Cortés (com quem se encontrou) é imediato e para sempre. Ele estreita laços de amizade com um franciscano chamado Zumarraga, bispo do México, que também luta com todas as forças pela liberdade e pelo bem-estar dos "irmãos índios". Na mesma época, embarca para o Peru, onde Pizarro inicia sua devastação, mas o barco que o transporta naufraga na costa da Nicarágua. Las Casas consegue chegar a terra e volta a ter visões de um paraíso possível. Não se pode conceber que uma natureza tão generosa, tão bela, só leve os homens a dominar e matar uns aos outros.

Ele retoma seu périplo, prega onde pode, opõe-se às expedições, atrai a hostilidade viva do governador. Sentindo-se em perigo, vai para a Guatemala, o país dos maias, instala-se em Santiago e começa a desenvolver a idéia fixa que sustentará até a morte: "A boa conquista é a das almas". O emprego de qualquer tipo de força é por definição ruim. É preciso banir esse "flagelo pestilento".

Para dar o exemplo, e como nenhuma empresa lhe parece impossível, Las Casas chega então a fundar, na região de Tezulutlan, um território que chamará simplesmente de "verdadeira paz" (o que leva a supor que existe uma falsa paz, aquela conseguida pelas armas). Trata-se de penetrar numa região virgem e de pregar a fé pelo exemplo da bondade.

Isso leva tempo, anos de manobras, de contatos com os caciques locais (quatro deles findarão por se converter, sem que se possa concluir com que grau de sinceridade), de bugigangas oferecidas, de intermináveis negociações com a ajuda de alguns mercadores índios também convertidos, não sem a força, digase, de algumas moedas de ouro.

No início, parece um sucesso. Quando Las Casas retorna à Espanha em 1539, é conhecido e respeitado, apesar das aversões que suscita em toda parte. Ele consegue benefícios consideráveis para as missões dominicanas, as únicas que terão permissão de entrar no território concedido — sob a indignação dos colonos, como é de imaginar.

O árduo apostolado prossegue. Até mesmo pequenas canções são compostas para melhor convencer os índios, que dizem ser sensíveis à música. Dois outros caciques são batizados, uma cerimônia pomposa, sempre espetacular, que sensibiliza as populações. A igreja de Vera Paz, da Verdadeira Paz, é fundada em 1547.

O verdadeiro princípio da conquista pacífica, conquista da alma e não dos corpos, parece, neste instante, triunfar. Mas tudo logo se deteriora. Começa-se a dizer que os lacandones, que vivem justamente dentro do território da Verdadeira Paz, persistem em praticar o sacrifício humano, e que chegam a torturar os dominicanos. Seria preciso, portanto, atacá-los, o que vai de encontro ao princípio estabelecido. Incerteza. Cada um age como costuma agir. Como convencer pacificamente antropófagos?

Na Espanha, para onde retorna para continuar sua luta, Las Casas recebe o apoio indireto de um ilustre teólogo, que ficará conhecido como o Sócrates espanhol, Francisco de Vitória, professor particular em Salamanca, cujas denúncias falam de "guerra justa" e de batismo forçado, ou precipitado. Na qualidade de procurador (quer dizer, de defensor), Las Casas participa igualmente das sessões do Conselho das Índias, que são geralmente tumultuadas. Carlos V o recebe e o escuta.

Em 1543, elevada promoção: ele é nomeado bispo de Chiapas, imenso território situado no norte da Guatemala, que se estende de um oceano a outro. Ele chega lá dois anos mais tarde, depois de um outro naufrágio no qual perde toda sua biblioteca, além de nove dos dominicanos que o acompanhavam.

Em seu bispado, como já se podia esperar, o primeiro cuidado é exigir o fim da escravidão, o que lhe vale a imediata hostilidade dos colonos que lá se encontram, e também de alguns eclesiásticos que parecem não se importar com as ordens de Roma. E assim o decano do cabido, enfrentando as proibições do novo bispo, dá a comunhão aos donos de escravos.

Escândalo público, massa revoltada, gritos hostis, ameaças precisas. Las Casas, acusado de parcialidade e de fanatismo, deve ceder e se retirar, na companhia de um outro dominicano chamado Ladrada, que o segue aonde quer que vá. Os colonos declaram seus procedimentos insuportáveis. Acusam-no de mentir. Chamam-no publicamente de louco.

Outros membros do clero (submetidos a que influências?) dizem não aceitar que ele queira "ditar conduta aos outros bispos". Dizem que, se continuar assim, a imigração dos espanhóis vai acabar. Ora, são eles que mantêm os novos monastérios daquelas terras. Afinal, o que seria da fé sem o necessário dízimo?

Las Casas resiste. Consegue a vinda de um comissário para inspecionar o que se passa em sua diocese, de onde teve de partir. Logo volta clandestinamente, à noite. Susta a invasão do convento por uma pequena multidão e vai até sua cela. Fala-lhe com veemência e aparentemente consegue acalmá-la, colocando Deus e o papa ao seu lado.

Depois, ele segue para o México, onde acontece um encontro de bispos, e finalmente para a Espanha. Renuncia a seu título de bispo e se instala no colégio dominicano de San Gregorio, em Valladolid, não longe do Palácio Real, onde vive a corte mais rica do mundo.

Ei-lo, pois, em 1550, aos sessenta e seis anos, incansável e firme, olhar inteligente, o rosto evidentemente vincado por uma vida de agitação intensa, exposto a mil febres, a pele castigada pelos insetos, sobrevivente de catorze travessias do Atlântico e de vários naufrágios. Ele está com o hábito branco e preto dos dominicanos. Fala alto, comove-se facilmente, não pára quieto em seu lugar.

Ao seu lado, um pouco surdo, seu velho companheiro Ladrada e alguns jovens dominicanos. Sobre uma mesa, e ao lado, estão pilhas de documentos de todo tipo, até mesmo desenhos coloridos. Trabalho bem feito. Todo um passado, toda uma vida está ali.

Em frente, atrás de uma outra mesa, também bem assessorado, está um doutor de universidade de tez pálida, Sepúlveda. Ele vem para defender seu livro e conseguir sua publicação. Traz menos anotações que Las Casas, mas seus argumentos são precisos, bem formulados, bem mordazes. Ambos sabem que o confronto será decisivo e lembrado pelos séculos que virão. Levará o tempo que for preciso. O destino do mundo, no passado, muitas vezes foi decidido em disputas desse tipo.

Tanto de um lado quanto de outro, será preciso dizer tudo, mesmo aquilo que não se diz nunca.

Podemos imaginá-los na sala capitular de um convento. Diante das estalas, os carpinteiros montaram um estrado. Sobre ele, puseram uma terceira mesa, forrada com um tapete bordado com o Sagrado Coração de Jesus, de onde escorrem algumas gotas de sangue.

Esse estrado é reservado ao emissário do papa, que deve chegar a qualquer instante. A platéia é composta por cerca de vinte homens, quase todos da Igreja, que já estão a postos e conversam em pequenos grupos, em voz baixa. Entre eles, o superior do convento, que tudo organizou e deseja que as coisas corram da melhor forma possível. É esta, inclusive, sua principal preocupação.

Um jovem monge de olhar muito vivo está sentado num tamborete, próximo a uma porta, recostado na parede. Suas mãos estão escondidas nas largas mangas do hábito.

Ouve-se soar um sino; o barulho de um ferrolho.

A porta se abre.

3.

O jovem monge se levanta. De suas mangas surge uma grande matraca de madeira envernizada. Ele a faz soar, pois está ali para isso.

Na sala capitular, todos se imobilizam, calam-se, e os olhares correm em direção à porta.

Aparece um homem, que é acolhido em silêncio, com todos os sinais de respeito. Baixo de estatura, olhar aparentemente indulgente, ele é um cardeal, representante do papa. Em Roma, alguns anos antes, ele conheceu Sepúlveda. Sabemos que a questão dos habitantes das Índias lhe interessa, conquanto jamais tenha atravessado o oceano.

Sabemos também que, em matéria de decisão espiritual, mesmo que o clero espanhol conserve sua autonomia, seu poder é considerável. Ele é amigo de longa data do novo papa, que tem plena confiança nele. Seu nome: Salvatore Roncieri. Dizem que está na Espanha há algumas semanas. Esteve com o rei várias vezes. Impossível adivinhar para que lado pende sua opinião.

Ele se faz acompanhar por dois assistentes, ambos padres

da cúria romana. Vestidos de preto, carregam documentos em pastas escuras.

O primeiro olhar do delegado do papa ao penetrar na sala é para o crucifixo pendurado na parede. Ele se aproxima e se curva diante da imagem do divino sacrificado. Vemo-lo rezar baixinho por um momento e, claro, todos o imitam.

Depois dessa breve oração, ele se volta e olha ao redor. Todos se inclinam, até mesmo o representante do rei, o conde Pittaluga (para abreviar seu nome), que acaba de entrar na sala.

O cardeal anuncia que vai dar a benção, em nome de sua santidade o papa.

Novo golpe de matraca. Os presentes se ajoelham num grande frêmito de batinas, menos o delegado, que traça no ar o sinal da cruz.

— *In nomine patris, et filii, et spiritus sancti.*

— *Amen* —, dizem os outros, em uníssono.

Eles se benzem ao mesmo tempo em que são abençoados. Todos ali partilham a mesma fé, todos conhecem os mesmo textos, o mesmo rito. O delegado invoca o Espírito Santo, implorando-lhe que pouse naquela assembléia e ali permaneça, pois precisará de sua luz.

Ele começa uma oração que todos sabem de cor e que rezam juntos — menos o conde Pittaluga, que apenas finge recitar. Trata-se de um salmo que pede ao Senhor assistência e julgamento, insistindo na fraqueza humana e no erro em que podem incorrer os melhores espíritos, se Deus esquece de lhes vir em socorro.

Uma onda de latim invade a grande sala gótica.

Seis dias antes, em Cádiz, dois homens desembarcaram de uma caravela vinda de Veracruz, no México; dois espanhóis de pele bronzeada, o rosto lavrado pelo sol, pelo vento do mar, e marcado por várias cicatrizes. Eles se chamam Ramon e Gustavo. Vêm de uma região agrícola que se estende pelos arredores de uma pequena cidade chamada Puebla. Foi precisamente pelo bispo de lá que eles foram informados desta iminente controvérsia. Sabem que desta vez o rei e o papa estão de acordo para que as conclusões do embate sejam claras e rigorosamente postas em prática.

Com uma vintena de amigos, eles juntaram o dinheiro da viagem. Chegam como emissários para tentar saber o que se vai dizer e, se possível, serem ouvidos. Uma viagem bem organizada, quase clandestina. De Cádiz a Valladolid, estavam previstas trocas de cavalos, mas a caravela se atrasou (impossível saber, aliás, com duas semanas de antecedência, quando os navios vão alcançar o porto), eles estão esgotados. Não puderam trocar de roupa nem se barbear. Cavalgaram dia e noite.

Espanhóis, não encontram nenhuma dificuldade para entrar em Valladolid. Já no convento, foi um pouco mais difícil. Alguns guardas foram deslocados para lá, até mesmo em razão da presença, no interior do recinto, de um cardeal e de uma alta autoridade da Espanha. Os dois cavaleiros devem utilizar o mais antigo dos métodos de persuasão, o dinheiro. Uma pequena mochila com som metálico passa rapidamente de mão em mão e as barreiras, como por encanto, se abrem.

Uma vez no convento (para todos os fins, eles trouxeram uma carta do bispo de Puebla, um adversário declarado de Las Casas), conversam com um ou dois monges, soltam uma mentira e um pouco mais de dinheiro. Não, não, não é preciso incomodar o padre superior. Num dia como este, ele deve estar bastante ocupado. Estão ali apenas como observadores enviados pelo bispo de Puebla (eles mostram a carta), e se chegam de última hora é por causa daquela maldita viagem. Deus inventou o vento e o diabo fez as tempestades.

Eles não pedem para entrar na sala capitular, longe disso, correriam o risco de atrapalhar. O que eles gostariam era de poder ouvir toda a discussão, pois o caso lhes interessa, eles têm família naquelas terras, e empregados que confiam neles, e plantações bem recentes. Esperam não ter feito, pelo menos, aquela longa viagem totalmente em vão.

Os monges se deixam convencer, depois de árduas negociações, e conduzem os dois homens pelo labirinto do convento, atravessando uma galeria que domina o claustro, depois por escadas cada vez mais estreitas, até uma espécie de nicho improvisado próximo ao órgão, onde eles poderão se esconder e ouvir tudo, quem sabe até ver.

Eles se metem ali, sentam-se no chão, ouvidos à escuta por uma discreta abertura em forma de trevo que dá para a grande sala de onde lhes chega o canto continuado em latim, que logo acabará. Eles chegaram na hora exata.

Recobram o fôlego. Um dos dois homens descalça uma das botas, que o está machucando. Sua meia está rasgada. Seu pé exala mau cheiro. O outro parece não se incomodar com isso.

A oração chegou ao fim. Os debates, sob o olhar vigilante de Deus, vão começar.

O delegado do papa se dirige para o estrado e começa a subir a escada. De repente, a madeira de um dos degraus cede sob seu pé. O delegado cambaleia. É amparado pelo superior, que estava logo atrás.

Tudo bem. O delegado diz isso com um gesto antes de ocupar seu lugar de honra, ladeado por seus dois assessores.

Mas o superior está incomodado, aborrecido. Aquilo era

um verdadeiro mau agouro. Na Roma Antiga, teriam cancelado o debate por muito menos que isso.

O superior vai ocupar seu lugar atrás do delegado, ao lado do conde Pittaluga. De passagem, pergunta a um outro monge quem fez os trabalhos de marcenaria. Quer saber o nome do responsável. É alguém do convento ou de fora? O outro monge responde com um gesto de incerteza. Ele não sabe, vai se informar.

Golpe de matraca. Todos os presentes ocupam seus lugares e se sentam. O delegado medita um instante, o olhar nas próprias mãos, à sua frente.

E então começa:

— Meus caros irmãos, desde que, pela graça de Deus, o reino de Espanha descobriu e conquistou as Índias do Oeste, que alguns já chamam de Novo Mundo, vimos vir à luz um grande número de questões difíceis que nada, na história do mundo, levava a supor que existissem. Uma dessas questões, que é de suma importância, jamais recebeu uma resposta clara e completa. É ela que nos reúne aqui hoje.

Ele faz uma breve pausa e olha ao redor. Eis um começo claro e tranqüilo, que vai quase diretamente ao fato — que todos conhecem.

— Essas novas terras têm habitantes, que foram vencidos e submetidos em nome do verdadeiro Deus. No entanto, há vinte ou até mesmo trinta anos, rumores espalhados pela Europa diziam que os indígenas do México e das ilhas da Nova Espanha foram injustamente maltratados pelos conquistadores espanhóis.

O dominicano Las Casas assente com a cabeça diante dessas palavras. O delegado observa a aprovação, mas parece não dar a isso nenhum sentido especial.

— Tais rumores — continua ele —, sabemos todos que foram ardorosamente exagerados pelos inimigos da Espanha.

É a vez de Sepúlveda aprovar, num discreto aceno de cabeça.

— Sempre foi deveras difícil — prossegue o cardeal — separar os assuntos públicos do exercício da religião. O corpo e a alma, que na união formam a nossa pessoa, têm bastante dificuldade em se separar. Os interesses da Igreja e os do Estado ora se atraem, ora se opõem. Como cuidar das almas negligenciando os corpos? Como devolver a Deus o que é de Deus e a César o que é de César? Sabemos todos que pelo capricho dos príncipes, que se negaram a reconhecer o domínio preciso da autoridade divina, longas e inúteis guerras dilaceraram a cristandade. Hoje ainda, uma terrível heresia incita os povos da Europa uns contra os outros.

Outra pausa. Por ora, ninguém nem sonha interromper o cardeal, que escolhe com cuidado cada palavra.

— O que abalou profundamente a Igreja, desde o início da descoberta, é que o rumor hostil propagado pelos holandeses, ingleses, franceses, persiste em dizer que os maus-tratos teriam sido infligidos aos indígenas em nome de nossa santa religião.

Ele eleva um pouco a voz para pronunciar as últimas palavras.

— O Santo Padre ficou profundamente comovido, e isso desde o início. Seguidas vezes, ele manifestou sua compaixão pelas populações das novas terras, recomendou e até mesmo ordenou que fossem tratadas com clemência, reconheceu-as como seres dotados de razão, dignos e capazes de serem conduzidos à verdadeira fé. Mas as instruções, no entanto reiteradas, dos sucessores de são Pedro nem sempre foram respeitadas, assim como as leis e estatutos da Coroa.

Ele volta-se discretamente para o conde Pittaluga, sentado atrás dele; mas o representante de Carlos V continua impassível e seu semblante, indiferente, mais para ausente.

O cardeal Roncieri continua, dirigindo-se a todos:

— Hoje o Santo Padre enviou-me até aqui com uma missão precisa: decidir, com a ajuda de todos vocês, se esses indígenas são seres humanos completos e verdadeiros, criaturas de Deus e irmãos nossos na descendência de Adão. Ou se, pelo contrário, como se diz, são seres de uma outra categoria, ou até mesmo espíritos do império do Diabo.

Ele se volta para o doutor Sepúlveda, cujo rosto se descontraiu levemente com um breve sorriso.

— Bem sei — diz o cardeal — que esta questão já foi largamente debatida, e que o ponto de vista de Roma, constituído de compreensão e bondade, é por todos conhecido. Mas nem tudo está claro, certos detalhes continuam obscuros. Em especial, ainda persiste a questão da legitimidade das expedições e das guerras. Estamos aqui por iniciativa do rei para esclarecer tudo em definitivo, para ouvir, tão longamente quanto for preciso, as razões de um lado e de outro, e para chegar a uma conclusão. Esta decisão, se for por mim acordada, será *ipso facto* confirmada pelo Santo Padre e se tornará conseqüentemente irrevogável.

Lá em cima, no improvisado refúgio, os dois senhores, cansados, escutam o essencial. Entendem três entre quatro palavras, mas isso lhes basta. Essa questão, eles já conhecem.

O delegado relata da maneira mais rápida possível os diversos episódios da longa querela, desde os primeiros esforços da rainha Isabel até a bula *Sublimis Deus*. Como todos os participantes sabem do que se trata, ele não se detém muito. Faz um rápido relato. Não perde oportunidade de, a cada instante, lembrar os esforços do papado: é o que se espera.

Depois dessa breve recapitulação, que durou, contudo, mais de uma hora, ele fala dos dois personagens que vão se confrontar e lembra — mostrando um exemplar da obra de Sepúlveda, publicada em Roma — que toda a questão, e finalmente (mera questão de formalidade, ninguém é ingênuo) único motivo daquele encontro, é a autorização ou a recusa da publicação de *Democrates alter*.

Depois disso, ele apresenta de forma bastante sucinta os dois principais protagonistas, primeiro Bartolomeu de Las Casas, que se opõe à publicação da obra e que deverá dizer por quê, e o doutor Gines de Sepúlveda, autor do livro, que defenderá ele mesmo sua obra. Vale lembrar que o cardeal Roncieri e Sepúlveda se conhecem. Eles já se encontraram em Roma alguns anos atrás. Ninguém sabe dizer se esse encontro foi amistoso.

O cardeal declara a toda a platéia:

— Se entre vocês alguém quiser falar, que o faça saber levantando a mão. Desta forma poderemos manter alguma ordem durante o debate.

Debate que promete, e ele sabe disso. O delegado deseja, a propósito, que a graça de Deus os assista durante todo o processo, permitindo-lhes que todos conservem consciência plena e dignidade.

Depois disso, ele dá a palavra a Las Casas.

É o cardeal quem decide a ordem dos oradores. Ninguém poderia imaginar quem começaria. Também Las Casas, antes de falar, fica um instante em silêncio. Está pensando. Quando resolve falar, é para dizer com uma voz calma e num tom baixo:

— Não devo me pronunciar somente, creio, sobre o livro que nos é submetido. Minha posição é conhecida. Sou a favor da proibição pura e simples. Este livro é tendencioso, por vezes mentiroso, contraditório em relação à doutrina da Igreja e terrivelmente perigoso no que diz respeito aos homens.

— Concentremo-nos, por favor — diz-lhe o delegado —, na contradição, que o senhor aí detectou em relação à doutrina da Igreja.

— Eminência, Nosso Senhor Jesus Cristo disse: "Eu sou a verdade e a vida". Vou me esforçar para dizer a verdade sobre aqueles de quem estamos tirando a vida.

O tom é subitamente alterado. Las Casas mostra claramente que não tem a intenção de deter-se no labirinto das considerações doutrinárias. Murmúrios de surpresa percorrem o auditório. O dominicano não dá a isso a menor importância.

— Vou direto ao fato, pois a cada minuto, lá, várias dezenas de infelizes são exterminados. Se tivermos uma chance de ajudá-los, é preciso fazê-lo depressa.

— Mas sem abreviar a verdade — diz o delegado.

Las Casas balança a cabeça e, agarrando-se à palavra "verdade", que ele mesmo já pronunciara duas vezes, retoma:

— Sim, é a verdade, estamos exterminando-os. Desde a descoberta e a conquista das Índias, os espanhóis não pararam de subjugar, de torturar e de massacrar os índios.

Ele mostra pilhas de anotações que se amontoam à sua volta:

— O que tenho a dizer é tão terrível que nem sei por onde começar. Haveria com que preencher um gigantesco livro.

— Parece-me que isso está ocupando todo o seu tempo — diz o cardeal.

— Minha vida inteira não será suficiente, Eminência. Seriam necessários cem como eu.

— Diga-nos o que sabe. Esteja à vontade.

— Desde os primeiros contatos, os espanhóis pareceram animados e levados apenas pela terrível sede de ouro. Era a única coisa que pediam: Ouro! Ouro! Queremos ouro! A ponto de, em certos lugares, os habitantes das terras dizerem: O que será que fazem com tanto ouro? Eles devem comer! Tudo depende do ouro, tudo! Como se se tratasse de um novo Deus! Também os pobres índios são tratados desde o início como animais privados de razão.

Ele pega uma de suas pastas, parece que vai abri-la, mas logo desiste. Não segue um roteiro. Prefere falar sem notas.

— Cortés, quando da conquista, marcava-lhes o rosto com a letra G, com ferro quente, para indicar que eram escravos de guerra. Tentou-se abolir esse atroz costume, mas hoje ainda, em certos lugares, eles são marcados na testa, nas bochechas, com o nome do proprietário. Quando são transferidos de um proprietário para outro, são marcados mais uma vez e assim por diante. Essas marcas se acumulam em seus rostos, que ficam parecendo uma folha de papel amarfanhada.

Ele faz um gesto e Ladrada pega alguns desenhos numa pasta. Esses desenhos, de observação, representam rostos de índios, marcados com vários desses sinais.

Ladrada se levanta e vai mostrá-los ao cardeal, que os examina calado antes de passá-los a seus assessores. Primeiros elementos de prova. Os desenhos passam de banco em banco. Alguns dos presentes os examinam mais demoradamente do que outros. Alguns usam para isso grossas lentes de aumento, emolduradas de ferro.

— Desde o início, eles foram jogados em massa nas minas de ouro e prata, e lá morrem aos milhares. E isso continua. Um terrível mau cheiro se desprende dessas minas, que são piores do que o inferno, escuras e úmidas. Bandos de urubus as sobrevoam, tão numerosos que chegam a escurecer o sol!

Las Casas se entusiasma à medida que fala, enquanto à sua frente o professor Sepúlveda continua calmo e observador, fazendo, de vez em quando, rápidas anotações.

O dominicano fala longamente sobre as minas. Cita nomes e números. Chega a pegar um capítulo do livro que está preparando e começa a ler.

Todos o escutam durante meia hora. Num determinado

momento da leitura, o delegado levanta discretamente a mão direita e diz:

— Retornaremos, se for o caso, a essa descrição dos trabalhos nas minas. Já estamos informados a respeito. Recebemos outras informações, provenientes de outras fontes.

Troca de olhares. Ninguém sabe dizer que informações, que fontes são essas. Favoráveis? Desfavoráveis?

Sem mais detalhes, o delegado passa a outro assunto:

— O senhor também falava de massacres?

— Sim, Eminência. A palavra é bem exata. Milhões deles foram assassinados.

Ele falou a palavra "milhões", o que provoca algumas reações de incredulidade e novamente aquele discreto sorriso nos lábios de Sepúlveda.

Las Casas nota o sorriso e dirige-se diretamente ao filósofo:

— Sim, milhões! Como animais no matadouro! E não vejo motivo para risos!

— Mas de que maneira? — pergunta o delegado.

— De que maneira?

— Com que métodos, se o senhor preferir. Por que meios. E também por que razões?

— Oh, eles usam qualquer um. Usam sobretudo o ferro, pois a pólvora é cara. Por vezes vão para o espeto em grupos de treze, são envoltos em palha seca em que alguém logo ateia fogo. Outras vezes, têm as mãos cortadas e são jogados na floresta com a recomendação: "Entreguem essa mensagem!".

— O que significa?

— Entreguem essa mensagem! Mostrem aos outros quem somos nós!

— Lamento tanto quanto o senhor — diz o cardeal —, mas trata-se, o senhor bem sabe, de velhos costumes de guerra. Os romanos agiam da mesma forma ao conquistar a Gália e as províncias do Danúbio. Júlio César, que se dizia clemente, mandava cortar uma mão do prisioneiro e depois o enviava de volta para casa, como uma mensagem viva. Estamos aqui no cruel território da guerra. Não veja no que digo uma justificativa para esses atos.

— Não entenderei desta forma, Eminência.

— Muito bem.

O superior do monastério levantou a mão. Num gesto, o delegado lhe cede a palavra. O superior pergunta a Las Casas:

— E por que em grupos de treze?

— O senhor não imagina?

— Não.

— Para honrar Cristo e seus doze apóstolos!

Na sala, crescem os murmúrios. Quando Las Casas fala em público, os espíritos ponderados sempre temem uma explosão. Todos sabem que ele atravessou perigosas florestas, enfrentou homens armados, nadou bravamente no mar.

Ele retoma elevando a voz:

— Sim, eu vos digo a verdade. O Senhor foi "honrado" por todos os horrores humanos. Tudo foi imaginado! Muitas vezes, seguram as crianças pelos pés para quebrar-lhes a cabeça nas pedras! Ou então elas são postas na grelha, afogadas, jogadas a cães famintos que as devoram feito porcos! Aposta-se quem abre o ventre de uma mulher com uma só punhalada!

Os murmúrios se avolumam a ponto de um dos assessores do delegado precisar balançar uma campainha para que cessem.

Depois disso, o delegado retoma a palavra:

— Irmão Bartolomeu, repito, o senhor nos fala da triste miséria da guerra, comum a todos os povos, mas aqui o que...

Las Casas permite-se então interromper o cardeal.

— Guerra? Que guerra?

Ele deixa sua mesa e avança. Sua emoção torna-se intensa e bastante visível.

— Esses povos não estavam em guerra conosco! Chegavam até nós sorridentes, a alegria no rosto, curiosos de nos conhecer, trazendo frutas e presentes! Nem mesmo sabiam o que é guerra! E nós lhes trouxemos a morte! Em nome de Cristo!

Alguns da platéia se levantam, como que escandalizados.

Entre eles, o superior, que diz ao delegado:

— Eminência, não seria isto uma blasfêmia?

Sempre muito cuidadoso, o delegado prefere por ora acalmar a situação:

— A santidade deste lugar nos autoriza a tudo ouvir. E, de qualquer forma, nada podemos esconder de Deus.

Ele dirige um gesto conciliador ao dominicano, que permanece em pé à sua frente. Las Casas não hesita:

— Sim, tudo o que vi, eu vi ser feito em nome de Cristo! Vi espanhóis extraindo a gordura de índios vivos para tratar de suas próprias feridas! Vivos! Eu vi! Vi nossos soldados cortando-lhes o nariz, as orelhas, a língua, as mãos, os seios das mulheres e o membro dos homens, sim, podando-os como se poda uma árvore! Por diversão! Para se distraírem. Eu vi, em Cuba, num lugar que se chama Caonao, uma tropa espanhola, comandada pelo capitão Narvaez, descansando no leito de um rio seco. Ali afiaram suas espadas nas pedras, depois foram até o vilarejo e disseram uns para os outros: E se a gente testasse o gume de nossas armas? Um primeiro espanhol puxou a espada, os outros fizeram o mesmo, e começaram a estripar, às cegas, os aldeães que estavam ali, tranqüilamente sentados! Todos massacrados! O sangue jorrava de todo canto!

— O senhor estava presente? — pergunta o cardeal.

— Eu era o capelão da tropa, eu corria como louco de um lado para outro! Era um espetáculo de horror e pânico. E eu vi.

E Narvaez continuava ali, impassível, com toda frieza. Como se assistisse a uma colheita de milho. Em outra ocasião, vi um soldado, rindo, fincar sua adaga no ventre de uma criança, e essa criança correndo de um lado a outro, de lá para cá, segurando com as duas mãos as vísceras expostas!

O doutor Sepúlveda inclina-se para um de seus assistentes e pede em voz baixa que anote alguma coisa.

Próximo à porta, o jovem monge da matraca parece ter parado de respirar.

Las Casas retorna à sua mesa. Ladrada lhe estende alguns papéis, nos quais o dominicano dá uma olhada. De todos os relatos à sua frente, escolhe um. Ele volta ao centro da sala e conta:

— Uma outra vez, Eminência, ainda em Cuba, estavam prestes a eliminar um dos chefes, um cacique que ousara se rebelar, ou protestar, a queimá-lo vivo. Um monge aproximou-se do homem e expôs-lhe um pouco de nossa fé. Perguntou-lhe se queria ir para o céu, onde moram a glória e o descanso eterno, em vez de sofrer no inferno pela eternidade. O cacique disse: Os cristãos vão para o céu? Sim, disse o monge, alguns vão. Então, disse o cacique, prefiro o inferno a ter de me encontrar novamente com homens tão cruéis.

Ele faz uma pausa e retorna à sua mesa. Desta vez, ninguém ousa interrompê-lo antes que o delegado o faça.

Mais tarde, ele retomará todos os exemplos citados, para publicar a mais famosa de suas obras, que dará a volta pela Europa, a *Brevíssima relação da destruição das Índias*. Por ora, os relatos estão sobre sua mesa apenas em forma de anotações; anotações que ele pouco consulta, tão preciso é seu conhecimento dos fatos.

Ele retoma em novo tom, muito emocionado (mal consegue articular as palavras):

— Vi crueldades tão grandes que ninguém ousaria imaginá-las. Nenhuma língua, nenhum relato pode contar o que vi.

Ele puxa um grande lenço da batina e assoa o nariz.

— Nem sei por que tento falar-lhes. As palavras são tão fracas.

O delegado continua observando atentamente, sem interrompê-lo, como quem tem todo o tempo do mundo.

Las Casas guarda o lenço.

— Eminência — diz —, os cristãos esqueceram o temor a Deus. Esqueceram quem são. Sim, milhões. Eu disse milhões! Em Cholula, no México e em Tapeaca, a população inteira foi degolada! Aos gritos de "São Tiago!". E traiçoeiramente! Mandaram vir primeiro os senhores da cidade e arredores, que foram trancafiados em segredo, para que nenhum deles pudesse espalhar a notícia. Depois disso convocaram cinco ou seis mil homens que os espanhóis haviam requisitado para carregar suas bagagens. Eles chegam, magros e nus, abatidos, em estado lastimável, ordenam que sentem no chão e, de repente, sem razão alguma, os espanhóis pulam em cima deles e os matam, a golpes de lança, a golpes de espada!

— Mas por que razão? — pergunta o conde Pittaluga, que não levantou a mão para falar.

— Não há razão alguma! Esses homens vinham para nos ajudar! O massacre durou três dias. Trinta mil mortos! Os índios sobreviventes refugiaram-se debaixo da pilha de cadáveres. No final, saíam rastejando, cobertos de sangue. Choravam, pediam que lhes poupassem a vida... Mas os espanhóis os exterminavam à medida que iam saindo. Não sobreviveu um sequer. O mesmo destino tiveram os senhores trancafiados. Todos queimados vivos. O capitão espanhol cantava uma música que falava de Nero. Não me lembro da letra.

— O senhor não estava em Cholula? — pergunta o delegado.

— Não, só cheguei lá mais tarde. Mas várias testemunhas me contaram tudo.

Um dos assistentes levanta a mão e pergunta:

— Como seria possível um massacre desses? Os outros não se defendiam?

— Eles eram pegos de surpresa. Não entendiam quem éramos nós, nem o que queríamos. Olhavam com espanto para os espanhóis que os esbofeteavam. E depois, o senhor sabe, eles não possuíam armas como as nossas. Nem cavalos. Quem sabe? Talvez pensassem que aquela morte que lhes chegava, sem nenhuma razão humana, não era uma morte real, não passava de uma visão ou de um simulacro da morte? Que talvez fosse um jogo misterioso e mágico, levado por estrangeiros com poderes imensos, que aquele sangue derramado subitamente retornaria às suas veias, que os cadáveres se ergueriam, começariam a caminhar e a rir? Cholula foi o início da conquista. Eles ainda não nos viam como somos. A primeira, a maior desgraça desse povo foi acreditar na nossa palavra.

4.

Ele fala ainda durante uma hora; depois a sessão é suspensa para o almoço, servido no refeitório. À tarde o dominicano retoma a palavra, continua contando — algumas vezes lendo papéis — os massacres da conquista. Enumera brutalidades, crueldades fora do comum. Faz circular desenhos.

Chega a dizer que em alguns lugares os espanhóis usavam o sangue daqueles homens — e devem continuar usando — para regar suas terras. Aparentemente, o sangue é muito bom para o solo. Enriquece-o. As plantas agradecem.

Lá em cima, escondidos, os dois cavaleiros não comeram nem beberam nada. Aguardam a noite para sair. Só escutam. Em alguns momentos, cochilam.

Las Casas parece incansável, apesar da idade, e do calor do mês de agosto. Consegue evitar a monotonia do horror — que pode se tornar cansativo, sobretudo na hora da sesta — e manter um tom bem vivo. Na maior parte do tempo ele se dirige ao delegado do papa, mas de vez em quando encara a platéia, caminha, dirige-se aos outros membros da assembléia e observa as reações de cada rosto. Não é seu primeiro embate público, e dá para se notar. Mas naquela ocasião (que será talvez a última), ele decidiu dizer tudo, não poupar nada:

— Os capitães conduziam longos cortejos de homens agrilhoados, em expedição, e de vez em quando diziam aos soldados: "Cortem um pedaço da coxa daquele desgraçado e dêem aos cães". Como se fossem pedaços de um carneiro! Eles alimentavam os cães com carne de índio! E também os índios, ressalve-se. Não custava nada. Em alguns lugares havia açougues de carne humana! Coxas, peitos dependurados em postes de madeira! Sim! E os espanhóis vendiam aquilo.

Os murmúrios, apesar do calor modorrento da tarde, deram lugar a gritos de protesto. A lenda de exageros, e até de obsessão macabra, que cerca a personagem do dominicano vem à memória da platéia. Alguns acham que ele entrou pelo caminho da loucura. Espanhóis vendendo carne humana? Quem pode acreditar nisso?

O assessor do delegado agita a campainha, mas Las Casas eleva a voz ainda mais para dizer:

— Dizem até que os espanhóis a comiam!

Os protestos crescem. A campainha tilinta sem parar. O delegado vê-se obrigado a se levantar, sem abandonar sua mesa. Para abafar a discussão entre os presentes, agita os braços.

Ele se dirige a Las Casas com um ar de severidade:

— Faz parte da natureza humana, frei Bartolomeu, contar muito e refletir pouco.

Todo mundo se cala. Que prepara o cardeal com essa advertência?

— Além disso, não estou seguro — acrescenta ele — de que a gente se faça ouvir melhor elevando a voz. As maiores verdades podem ser ditas em voz baixa.

— Não estas — diz o dominicano.

— Quem sabe? Quem grita quer abafar a voz do outro, que sem dúvida o incomoda.

— Não quis calar ninguém. Mas há tantas vozes que são forçadas a ficar no silêncio.

— Sei disso. Por isso, eu lhe permiti falar desde cedo. Como todos aqui, observei sua emoção, que sua eloqüência não escondia. Escutei com a maior atenção essa história brutal e sangrenta. Poderíamos discutir longamente cada termo. Mas não permitirei. Devo lhe lembrar que não é essa questão que nos preocupa.

Antes de prosseguir, ele faz uma pausa significativa:

— Não estamos aqui para falar da crueldade dos espanhóis, mas para falar sobre a natureza e a qualidade desses indígenas. Compreende?

— Sim, compreendo.

— Por isso, por favor, peço-lhe para encerrar aqui esse capítulo das abominações.

— Eminência, há tantas coisas mais a dizer.

— É possível. Mas como o senhor mesmo já observou, devemos chegar logo a uma decisão. Responda-me, então, o senhor que os conhece: como são eles?

Las Casas se volta um instante para Sepúlveda para lhe dizer:

— Creio que não vamos aventar a hipótese do império do Diabo.

— Há muito tempo que ela foi abandonada — responde o filósofo. — Assim como a do paraíso perdido.

— Só evoquei essa lenda — diz o delegado (que talvez tenha se sentido atingido pela alusão do dominicano) — para mostrar que ela é exagerada.

— No entanto, alguns acreditaram — diz Las Casas. — Ou fingiram acreditar.

— Não acredito que o paraíso esteja em algum lugar desta terra — diz o delegado —, mesmo que o lamentemos. O paraíso é muito difícil de localizar. Está em qualquer lugar e não se encontra em nenhum.

Ouvem-se alguns cochichos de aprovação a essa resposta do cardeal, que tem uma queda (se é que isso é defeito) pela boa eloqüência, e gosta de ser admirado por isso. Seria bom ele precisar a diferença entre "estar" e "se encontrar" e se a falta de localização do paraíso (outro tema de longas querelas) é hoje, aos olhos de Roma, dada como definitiva. Mas o tempo urge. E está claro: ele não gosta das digressões.

— Quanto a Satanás — retoma o delegado —, ele não tem limites em seus atos. Seria fácil demais cercá-lo e vigiá-lo. Ou invadi-lo e destruí-lo. Satanás também está por toda parte. E, antes de tudo, está em nós mesmos.

— Mas o inferno — pergunta o superior — deve se encontrar certamente em algum lugar?

— Possivelmente — responde o delegado —, mas espero nunca saber onde.

Alguns sorriem, pois parece que agora podem.

O cardeal Roncieri dirige-se, então, a Las Casas e lhe pergunta:

— E então, como eles são?

Las Casas estende a mão para Ladrada que lhe passa uma folha de papel. Las Casas a lê a certa distância dos olhos (ele é presbita):

— Como disse Cristóvão Colombo, o primeiro a encontrá-los: "Não posso acreditar que haja no mundo pessoas melhores".

— Ou seja?

— Eles são belos, Eminência, têm belo porte. Todos os espanhóis observaram isso. São pacíficos e amáveis como cordeiros. Não cobiçam o que é do próximo. Generosos, naturais.

— Eles sempre o receberam bem?

— A mim e a todos os outros, sempre. Pelo menos no começo, antes de poderem conhecer a verdadeira natureza dos que os encontraram. Meu pai e meu tio me falaram deles quando eu era criança. E usavam as mesmas palavras: "Eles são tão gentis, tão amáveis".

— E quanto ao senhor, pessoalmente, sempre o receberam bem?

— Sempre. Sempre.

— Sem ambigüidades? Sem traição?

— Com a maior ingenuidade. Eles são incapazes de mentir. É por isso que caem em todas as armadilhas. Posso dizer com precisão: eles eram, ao pé da letra, a imagem do paraíso antes da queda. Mesmo que nunca saibamos onde está o paraíso.

Um outro sorriso furtivo se esboça no rosto do filósofo, enquanto o delegado continua um interrogatório que se pressente sistemático, bem preparado:

— O senhor os acha inteligentes?

— Claro que são.

— Tão inteligentes quanto nós?

— Sim, sem dúvida alguma.

— O senhor sabe que essa questão foi muito debatida.

— Sei.

— Se acreditarmos em inúmeros testemunhos, excetuando o seu, eles parecem muito ignorantes, são tolos, crédulos, acreditam em presságios. É verdade que o próprio imperador do México quis se matar?

— Montezuma, sim, disseram, eu não estava lá.

— Por que razão? — pergunta alguém.

— Uma antiga crença predizia que o maior herói deles, um homem-deus chamado Quetzalcóatl, voltaria um dia do Oriente. Essa personagem, acreditam eles, lhes seqüestrou tudo em outros tempos, a agricultura, a escrita e as leis. Depois disso, posto em rivalidade com um outro semideus, expulso por seu povo, ele pegou o oceano em direção ao leste e desapareceu. E todos esperavam seu retorno, com esperança e medo. Cortés, um habilíssimo capitão...

Ele se dirige a Sepúlveda para dizer:

— ... que foi seu amigo, não?

Sepúlveda faz um leve aceno com a cabeça.

— Cortés foi informado dessa profecia. Desde sua chegada. Ele se aproveitou dela, no começo. Tinha uma mulher indígena ao seu lado que o instruía. Ele conseguiu instilar a dúvida na cabeça dos indígenas; de alguns, pelo menos. O que explica talvez em parte a atitude deles quando de alguns massacres, como o de Cholula, do qual já falei. Mas logo eles se deram conta. Compreenderam bem depressa que os espanhóis não vinham do céu. Quando Montezuma foi ao encontro de Cortés, pela primeira vez, carregado de presentes magníficos, ele lhe disse: "Eu sou de carne e sangue como você". O mesmo aconteceu com os cavalos.

Um dos monges, bastante mal informado, pergunta:

— Como, os cavalos?

— O senhor bem sabe, eles não conheciam esse animal, que no começo os deixou bem admirados. Os espanhóis, mentirosos contumazes, fizeram o possível para persuadi-los de que o homem e o cavalo eram uma coisa só. Os cavaleiros comiam e dormiam montados em seus cavalos. Mas esse artifício não se sustentou por muito tempo.

— O senhor disse algumas vezes que eles são capazes de sentimentos cristãos. Mantém o que disse?

— Mantenho. Desde o começo eles acolhem nossa fé favoravelmente. Por vezes ela lhes agrada. Eles a compreendem. Mas que imagem nós lhes damos dessa fé? Que podem pensar de um

Deus que os cristãos, os cristãos que os exterminam, têm como justo e bom? Sabe o que um homem me disse um dia?

— Não. Diga.

— Ele me confessou: Sim, já me sinto um pouco cristão porque já sei mentir um pouco.

Como se tratava de um ataque, bem provocativo, contra a própria noção de cristão, murmúrios e pequenas exclamações voltaram a tomar conta da sala, acompanhados de novos toques de campainha. O superior, que tinha convidado uma dezena de dominicanos, que por fraternidade de ordem apóiam a palavra de Las Casas, começa a se perguntar se pessoas hostis, a sua revelia, não teriam entrado na sala. Convidados por quem? Pela Coroa? Pelo próprio Sepúlveda? Até onde podia ir aquele tumulto?

O cardeal, que por seu lado não parece de forma alguma se comover — apesar de se sentir um pouco incomodado com os imprescindíveis toques da campainha —, deixa a emoção se ir naturalmente e passa à questão seguinte:

— Diga-me agora, de acordo com o que viu e o que lhe contaram: como eles reagiram às atrocidades que o senhor nos relatou?

— Eminência, já falei, eles são doces de alma e nossa carga contra eles foi tão forte que jamais conseguiram ter força para resistir a nós. Chegaram então ao desespero. As mães mataram seus bebês para que eles não viessem a ser nossos escravos. Sim, é verdade. Vimos até mesmo um grande número de crianças nascerem mortas, vítimas de algumas ervas que as mães tinham bebido. Está lembrado, Eminência, das palavras veementes do Eclesiastes?

— O que ele diz?

— Foi um choque para mim quando, por acaso, um dia, eu li as seguintes palavras: "O pão dos pobres é sua vida. Quem os priva dele é um assassino". Creio que essa palavra mudou minha vida.

O delegado balança a cabeça em silêncio. O silêncio, nesse momento, é geral. Las Casas acaba de tocar a corda certa. E continua:

— Aquelas pobres criaturas foram levadas a não amar mais a vida. Os homens evitam as mulheres para não terem mais filhos. E mais, novas doenças os destroem, levadas por nós e por nós transmitidas pelo estupro. Estou falando tudo já que podemos tudo falar. Sim, eles perderam a vontade de viver. Vemos todo um povo imenso que agoniza em nome de Cristo. Breve não haverá mais ninguém.

Ele pronunciou estas últimas frases com uma emoção bem nítida, a ponto de as palavras lhe estrangularem a garganta. Impossível duvidar de sua sinceridade.

O delegado lhe faz ainda algumas perguntas:

— Então, segundo o senhor, frei Bartolomeu, eles são criaturas de Deus?

— Eles são nosso próximo.

— Descendentes de Adão e Eva?

— São.

— Foram redimidos pelo sangue de Cristo?

— Sim, Eminência. Como nós. E assim como nós, agraciados com o julgamento final, e mesmo com a vida eterna.

— Em que condições?

— Deixo isso para os casuístas decidirem. Não sei nada a respeito. Mas o paraíso que lhes foi roubado nesta terra, gostaria que não lhes fosse tirado na outra vida.

5.

O delegado do papa passou a noite num aposento especialmente preparado para ele no convento. Não recebeu ninguém. Logo não havia mais sinal de vela acesa em seu quarto.

O conde Pittaluga saiu do convento no fim do dia. No momento, ele está hospedado no Palácio Real, onde houve uma festa naquela noite. À qual ele foi, sem dúvida.

Os dois cavaleiros conseguiram sair sorrateiramente do esconderijo e descer sem serem vistos. Na cozinha, sem que o superior soubesse, eles conseguiram comer alguma coisa antes de desabarem no sótão, sobre a palha, para dormir dez horas seguidas.

Sepúlveda e Las Casas, cada um, por sua vez, demoraram a dormir. Eles sabem que a contenda mal começou. Las Casas bateu forte, forte demais talvez. Sem dúvida ele esperava convencer de saída e abreviar a controvérsia, apoiando-se no que se sabe da posição da Igreja. Mas o delegado se mostrou cheio de melindres, insistente. Mas não pareceu se mostrar inclinado para o lado do dominicano. Temendo que essa atitude esconda alguma nova e pérfida tendência, nascida nos corredores de Roma por razões muito políticas, Las Casas fica inseguro. Como um guerreiro muito temerário, ele teme ter usado logo de saída suas melhores armas. O que restará amanhã da compaixão que suscitou? Como manter sua posição?

Os argumentos de Sepúlveda ele conhece, leu seu livro. Mas como o astucioso filósofo vai apresentá-los amanhã? Por qual ângulo? Segundo qual plano dissimulado?

O jovem monge quase não dormiu. Acompanhou durante a noite o badalar dos sinos. Na época em que Cortés estava chegando ao México, ele ainda não tinha nascido.

Todos se reencontram na manhã seguinte, cada um no seu lugar, na mesma sala. Depois das orações e das invocações de costume, o cardeal toma assento e se dirige a Sepúlveda.

— Professor, o senhor deseja intervir agora?

Sepúlveda se levanta e responde cortesmente, com uma voz que se ouviu muito pouco no dia anterior:

— Se Vossa Eminência permitir.

Com um gesto, o cardeal lhe faz sinal para que tome a palavra. Se ele o desejar, o dia será dele.

— Falarei de meu livro?

— O senhor pode falar de seu livro, mas saiba que nós o conhecemos. Talvez possa nos poupar da leitura. Ou então pode escolher um outro ponto de partida, desde que não se desvie do tema.

— Eu lembro a Vossa Eminência, e aos outros membros da assembléia, que me contento em pedir que seja autorizada a publicação deste livro na Espanha.

— Sabemos disso.

— Não estou pedindo a promulgação de nenhuma lei especial, de nenhum regulamento, de nenhum decreto, pois não é de minha competência.

— Mas o senhor não negará — diz-lhe o delegado — que sua obra, se for publicada, pode exercer uma influência determinante sobre os que, justamente, têm como missão promulgar leis.

— Deixo a Vossa Eminência tal apreciação — diz o filósofo. — Peço apenas a publicação de um livro. Que esse modesto estudo possa influir nos destinos de um reino, não me cabe julgar.

A sessão enveredou por um labirinto cheio de hipocrisia e de chicanas que pareceu logo entediar o delegado. Ele disse a Sepúlveda para começar por onde quisesse, mas que começasse.

— Pareceu-me — disse então o filósofo — que meu adversário, que se opõe à publicação de meu livro, se exprimiu ontem de uma forma muito pessoal, como se se tratasse para ele, diria eu, de um negócio de família, de uma questão que lhe fala direto ao coração.

Las Casas escuta e balança levemente a cabeça. Ele nada tem a dizer quanto a isso.

— Frei Bartolomeu — disse então o doutor, falando diretamente ao monge —, agora é minha vez de utilizar esse mesmo método. Não no que me concerne, pois minha vida é feita somente de estudo e meditação. Ela nada tem de pitoresco e de movimentado como a sua. Em poucas palavras, ela não é interessante. Não falarei, pois, de mim.

Um breve silêncio, durante o qual ele parece refletir, mas todos vêem que essa pausa é calculada.

— Falarei ainda do senhor — diz ele então. — Se Sua Eminência me permite, gostaria de lhe fazer algumas perguntas. Elas dizem respeito, justamente, à sua vida. E se as faço, é para tentar compreender.

Consultado, o delegado dá sua permissão com um gesto. O filósofo pergunta então:

— Frei Bartolomeu, o senhor não sentiu, muito jovem, uma atração pelo Novo Mundo?

— É possível — responde Las Casas, um tanto desconcertado por esse ataque *ad hominem*, quando esperava um preâmbulo de oratória em boa e escorreita forma.

— Com que idade o senhor partiu?

— Com dezoito anos. Por quê?

— O senhor não recebeu terras e as administrou?

— Sim. Muita terra, é verdade.

— Depois, ao ser ordenado, não rezou lá sua primeira missa?

— Sim, tive essa honra.

— O senhor estava com vinte e seis anos.

— Vinte e seis ou vinte e sete, não sei mais.

— O que o senhor fez até então? Em poucas palavras.

— Tenho dito sempre, eu tinha vivido na despreocupação da juventude, era um jovem colonizador, administrava minhas terras, trabalhava, orava algumas vezes. Meus olhos ainda não tinham se aberto para o espetáculo que me cercava.

— Como o senhor explica isso?

— Não explico. Deus, que ainda não tinha me marcado, decidiu um dia me abrir os olhos. Não lhe perguntei por que razões.

— E quando foi isso?

— Foi na festa de Pentecostes, quatro ou cinco anos depois de minha ordenação. Estava preparando meu sermão quando meus olhos pousaram, pela graça divina, naquela passagem do livro santo.

— Que passagem?

— Já falei, a do pão dos pobres. Deixe-me ler exatamente duas frases.

Las Casas estende a mão para Ladrada, que procura um

pouco confusamente em seus papéis antes de lhe estender uma Bíblia, com marcadores em várias páginas.

O dominicano pega o livro, abre-o e lê algumas linhas:

— "O Senhor não aprova essas oferendas injustas. Aquele que oferece um sacrifício tirado do pobre age como se sacrificasse um filho diante de seu pai." Senti isso, eu o repito, como se recebe um jato de luz. Lembrei-me de que um dia, alguns anos antes, um velho dominicano tinha se recusado a ouvir minha confissão, porque naquela ocasião eu tinha escravos. Eu argumentara de forma frívola, sem ver a importância daquele ponto. O velho senhor me disse então que a verdade sempre termina vindo à luz, que ela encontra mil obstáculos em seu caminho, enquanto tudo gira a favor da mentira. Anos depois, essas palavras voltavam a minha cabeça. Não me abandonavam mais. Eu as dizia em voz baixa para mim mesmo, várias vezes por dia.

— Por isso o senhor decidiu pregar contra os espanhóis?

— Pregar contra a brutalidade e a injustiça. É verdade que o governo me achou monstruoso e tentou me calar. Mas eu o combati, renunciei aos meus índios, dei-lhes sua liberdade natural. Depois disso me pus a falar, a denunciar a tirania que via por todo lado, a dizer que escravizar índios constituía, sem sombra de dúvida, um pecado mortal. E não parei de falar. E continuo falando.

Sepúlveda balança a cabeça, deixando que aquela voz incansável extinga-se por si mesma, depois pergunta:

— Mais tarde, o senhor mesmo não tentou, em várias ocasiões, fundar uma colônia? Reunir os espanhóis e os índios para fazê-los trabalhar juntos?

— Tentei. Foi em Cumana.

— E aquele território da Verdadeira Paz?

— Mais tarde, na Guatemala.

Las Casas se volta para o cardeal e lhe diz:

— Todos esses fatos são conhecidos, Eminência. Há muito tempo minha vida é pública. Por que me interrogar ainda? Por que me obrigar a me repetir?

— O professor Sepúlveda tem a palavra — responde o cardeal. — Ele faz o que quer.

— Sempre — pergunta então o filósofo —, se acredito em suas declarações, o senhor pregava uma conquista pacífica?

— Detesto a palavra "conquista".

— E por quê?

— Ela me lembra vísceras pelo chão, terras roubadas, militares triunfantes.

— Que palavra o senhor prefere?

— Evangelização. Ou então penetração, instalação, civilização, dominação. Qualquer palavra, menos conquista.

— Então, o senhor queria uma instalação pacífica?

— Feita exclusivamente por religiosos. Sem armas.

— Não é verdade que ocorreu um fracasso sangrento?

— Em Cumana, sim. Meus sócios espanhóis se revelaram lobos ensandecidos.

— Não é estranho — disse Sepúlveda — que a culpa recaia sempre sobre os espanhóis?

— O que quer dizer com "estranho"?

— Não já lhe disseram que o senhor só vê o mal quando conta as ações da Espanha?

— Mas quando falo dos mouros não é bem assim.

— Eu estava escutando-o, eu o olhava, e uma coisa se tornava clara, que eu suspeitava de acordo com seus escritos. Sua alusão aos mouros me confirma isso.

A platéia, muito atenta ao desenrolar da querela e aos detalhes do interrogatório, observou a sinuosidade da argumentação do doutor. Diferentemente do dominicano, que atacou direta e firmemente, o filósofo dissimula o fio de seu pensamento.

Avança sinuosamente. É quase impossível prever seu próximo ataque, sua próxima armadilha. Ele ainda não chegou ao primeiro de seus argumentos. Por enquanto, parece se interessar apenas pela personalidade de seu adversário.

Ele lhe diz ainda:

— Desde o começo, ao contrário dos muçulmanos, esses novos povos o fascinaram e, podemos mesmo dizer, o seduziram. Por quê? Não sei. Mas a gente percebe que o senhor exagera.

— Falo do que vi. O exagero está nos fatos, não nas minhas palavras.

— No entanto, não estou lhe dizendo nada de novo se disser que viajantes bem confiáveis, e que como o senhor foram até lá, e não só uma vez, contaram coisas bem diferentes das que o senhor conta.

— Há mentirosos em todos os lugares. Preciso lhe dizer isso?

— É um pouco fácil chamar os outros de mentirosos. Considerarei isto como um insulto, e não como um argumento.

Sepúlveda olha a sua volta e vê que acaba de marcar um ponto. Assentimentos de cabeça o encorajam. Acostumado a falar em público, ele sabe que o bom desenrolar de uma argumentação é indispensável. Esse tipo de contenda é para o espírito o melhor dos exercícios. Mas o rigor é necessário. Qualquer aproximação, qualquer fraqueza mesmo passageira no pensamento, qualquer confusão mesmo leve podem pôr a perder a partida. Uma extrema vigilância sobre o que se diz é indispensável a cada segundo.

Las Casas viu que acaba de tropeçar. Como o outro, ele é muito sensível às reações da platéia. Por isso retoma a palavra:

— Eu mesmo fui um mentiroso — diz. — Menti a mim mesmo, e sei bem do que estou falando. Podemos ser mentirosos sem saber, simplesmente omitindo. É o caso da maior parte dos homens, que vêem, mas se calam.

— Outros dizem muitas coisas sem ter visto nada.

— É verdade. Isso também é mentir. Mas se o senhor quis me atingir com essa frase, errou o alvo. Se digo muita coisa foi porque vi muito. A partir daquele dia de Pentecostes, de repente eu vi. Vi tudo o que até então eu escondia de mim mesmo. Porque somos todos assim, persuadidos a toda hora e quase obscuramente forçados a mentir, pelas obrigações da vida mundana, por nossa natureza cega, até o dia em que sentimos não suportar mais esse véu que nos encobre a vista e Deus nos ajuda a retirá-lo. O senhor é um filósofo, conforme dizem. Sabe muito bem de que estou falando.

— Mas — diz o filósofo — algumas dessas testemunhas que viram as mesmas coisas que o senhor, e que têm uma boa reputação mesmo que algumas vezes elas se iludam, lastimam, quando se referem ao senhor, que o senhor perca a cabeça em certos momentos.

Fortemente atingido, Las Casas se dirige ao delegado:

— Se perdi a cabeça, Eminência, por que me convocaram aqui? Por que meus irmãos dominicanos me acolhem em seu colégio? Por que me confiam seus livros? Por que pedem minha opinião. Por que o rei quer me ouvir? O que estou fazendo aqui se sou louco?

Sepúlveda levanta a mão, como para dizer: jamais pretendi falar de loucura (o que, no entanto, fez). O cardeal, interpelado por Las Casas, pede-lhe que se acalme e o tranqüiliza:

— Ninguém aqui o tem como louco. Pelo que eu saiba, pelo menos.

— É evidente — retoma Sepúlveda. — Mas é típico do erro ser tomado como verdade, todos sabemos disso.

— Eis com exatidão o que eu dizia — responde-lhe Las Casas.

— O que não significa — retoma logo Sepúlveda — que toda verdade proclamada seja suspeita. O que me parece muito visível no seu caso, frei Bartolomeu, e eu sei que não sou o único a pensar assim, é que alguma coisa no senhor, e à sua revelia, parece difusa, obscura, em suma, longe da verdade.

— Em que sentido?

— Esses índios de quem o senhor fala tanto, o senhor ficou cego em relação à verdadeira natureza deles.

— Por exemplo?

— O senhor diz que eles são mansos como cordeiros. Esse animal está constantemente em seus escritos e na sua fala. Mas se eles são como cordeiros, então não são homens! Quem pode dizer que o homem é manso?

— Mas Cristo disse! Ele não se cansa de dizer. Se lhe batem, dêem a outra face! Sejam homens cordatos!

— Não! Ele não diz que nós somos cordatos, ele diz que devemos nos esforçar para ser! E diz também: "Não vim trazer a paz, mas a espada!". O Cristo gosta desse combate! Ele gosta dessa conquista! Se não gostasse, o senhor acredita que teria permitido esse novo massacre dos inocentes?

A discussão pára de repente. O filósofo lança, enfim, seu primeiro argumento real. Las Casas o esperava, mas não sabia se seria o primeiro (pois ele conhece também quais são os outros). O espectro da guerra justa, a guerra amada de Deus, vem à luz.

Em vez de se opor brutalmente ao que, no fundo de si mesmo, o escandaliza e o assusta, Las Casas prefere fingir, e responder a uma pergunta com uma pergunta:

— E por que, então, ele o permitiu, na sua opinião?

— Vou lhe dizer.

O filósofo folheia rapidamente algumas páginas de anotações. Sua argumentação começa. Põe ordem no pensamento, com a ajuda de dez segundos de silêncio, e depois diz:

— Primeiro, os índios merecem seu destino porque seus pecados e sua idolatria são uma ofensa constante a Deus. E isso acontece com todos os idólatras. A atitude deles o repugna. Sem dúvida, ele tentou várias vezes em sua infinita bondade iluminá-los, trazê-los para o bom caminho. No entanto, eles persistiram no crime. Por isso, no fim das contas, ele decidiu puni-los. E os espanhóis são o braço de Deus nessa guerra, como o foram contra os mouros.

Na platéia, várias cabeças balançam. Não resta dúvida de que o raciocínio de Sepúlveda, numa assembléia tão pia, não consegue convencer alguns, nem mantê-los numa convicção cômoda. É sempre bom — para a consciência, sobretudo — pôr Deus ao seu lado e que ele faça parte da vitória.

— Mas de que pecados o senhor está falando? — pergunta o dominicano. — De que crimes? E por que Deus, para quem tudo é possível, teria fracassado em sua empresa de convencê-los? Por que ele não lhes enviou o filho? Quem está confuso aqui? Quem está cego?

Em vez de responder (era mesmo uma pergunta?), Sepúlveda lança um outro ataque, indireto e inesperado. Ele pergunta a Las Casas, que parece cansado e procura se apoiar numa parede com a mão:

— Eu lhe faço uma outra pergunta: essa criança de que o senhor fala, a quem um soldado perfurou a barriga e que segurava as próprias vísceras, o senhor a viu?

— Com meus próprios olhos.

— E o que fez nessa ocasião?

Bastante desconcertado, Las Casas responde sinceramente:

— Eu a recolhi, falei-lhe rápido de Deus, de Cristo, como pude, batizei-a, e ela morreu em meus braços.

— A salvação da alma dela lhe pareceu então importante?

— Evidentemente. Eu não podia fazer outra coisa por ela.

Las Casas não vê ainda muito claramente aonde o filósofo

quer chegar. Este se dirige agora ao delegado, como para retomar um ponto, ganhar certa vantagem.

— Eminência, vou me deter primeiro nesse ponto. A salvação da alma.

— O senhor acha então que eles têm uma? — pergunta o delegado.

Essa pergunta muda de imediato o rumo das coisas. Ao fazê-la, parece até que o cardeal está do lado de Las Casas, que ele sentia estar em dificuldade. Mas seu rosto nada deixa transparecer, sempre atento, concentrado.

Sepúlveda ficou por instantes sem palavras. Sua hábil ofensiva acaba de se desfazer diante de uma pergunta um tanto incômoda. Antes de tudo era bom não deixar que notassem seu embaraço.

Logo refeito, ele responde ao cardeal, fugindo ao ataque:

— Voltarei a esse ponto naturalmente, pois a questão da alma está no centro de meu discurso, como, sem dúvida, o senhor imagina. Mas, antes, é preciso relatar um certo número de fatos que a emoção de meu adversário conseguiu esconder.

— Pode falar.

Não se pense que o cardeal se deixou levar pela esquiva de Sepúlveda. Ele sabe perfeitamente que uma resposta adiada, mesmo com elegância, dissimula um real embaraço. Mas ele prefere não insistir. Se ele o nota, é secretamente.

— Eu faço primeiramente a pergunta geral — diz então o filósofo.

Todos — e em primeiro lugar o dominicano que está à sua frente — fixam a atenção nele. Neste momento, vários pontos de partida são possíveis. Qual ele vai escolher? Seus ouvintes estão tão fascinados tanto pela forma com que ele vai revestir seus argumentos quanto pelo sentido que deles se tirará.

Eis a pergunta que eles esperam:

— Não está estabelecido, não é perfeitamente certo que todos os povos da Terra, sem exceção, foram criados para serem cristãos um dia?

Os murmúrios que correm pela platéia são todos de aprovação, e o próprio Las Casas balança a cabeça positivamente.

— Sim, essa verdade existe — responde sem hesitar o delegado.

— E não é certo que devemos fazer o possível para levá-los à verdadeira fé?

— Isso é indiscutível.

Houve uma concordância geral quanto a esse ponto. Sem surpresa, diga-se. A primeira bula pontifícia, a de Alexandre VI (um Bórgia, aliás, de origem espanhola), reconhecia já o direito e o dever, para os conquistadores das novas terras, de evangelizar os indígenas. Isso para o maior bem deles, pois a religião cristã, no espírito de todos os presentes, é o maior benefício que se pode levar a cada um dos povos. Nada pode se comparar a isso na história efêmera do mundo, visto que a adesão sincera à verdadeira fé, e aos costumes que ela impõe, assegura uma felicidade eterna.

Sepúlveda insiste. Ele quer firmar solidamente esse ponto.

— Todos os seres humanos — diz ele — estão predestinados a um dia ser cristãos. Todos os seres humanos, torno a dizer, quaisquer que sejam, qualquer que seja sua origem e qualidade, até os ignorantes, até os bárbaros. Não podemos duvidar dessa palavra.

— Realmente não há do que duvidar — diz o cardeal.

— Todos os seres humanos trazem uma faísca do cristianismo. Todos eles fazem parte do corpo místico de Cristo, pois a religião cristã é uma via universal.

— Ela é a única via — diz o cardeal.

— A misericórdia divina, mesmo que muitas vezes eles a

tenham rejeitado, foi concedida a todos os povos para que renunciem à infidelidade. Não é verdade?

— É a pura verdade — diz o delegado.

Ele se volta de imediato para um monge franciscano que ali se encontra, um homem magro, de larga tonsura, cerca de quarenta anos, e acrescenta:

— Nossos irmãos franciscanos sustentam, inclusive, que o reino de Deus sobre a terra está próximo que a felicidade celeste vai se manifestar em breve. Não é isso o que os senhores pensam, irmão Pablo?

Interpelado, o franciscano se levanta. O cardeal pede a um de seus assessores que rapidamente o apresente aos que não o conhecem. Irmão Pablo é da região de Madri. Viveu mais de dez anos nas novas terras, mais especificamente no México. Foi por pedido expresso do delegado que ele atravessou o oceano para participar da controvérsia.

Ele ainda não tem quarenta anos.

6.

Eis, então, um novo personagem, introduzido de repente, para quem todos olham. Franciscano, ele usa a mais surrada das batinas. Seu rosto mostra ainda as marcas do sol que o castigou durante a travessia. Todos sabem que os franciscanos, os mais desinteressados dos pregadores, foram voluntariamente desde o começo para o Novo Mundo para divulgar a palavra de Cristo — e que alguns morreram nesse exercício. Sabe-se também que em geral eles têm boas relações com os índios e que repudiam a opressão. Desde a origem, pelo culto que fazem à pobreza, pela simplicidade, os franciscanos dão um colorido especial ao corpo eclesiástico, uma cor quase chocante, quase de provocação, próximo — em alguns casos — da heresia.

Sabe-se, por exemplo, que eles se interessam pelos costumes indígenas, que alguns entre eles chegam até a estudar suas tradições, suas crenças absurdas e até os detalhes de sua indumentária.

Seria irmão Pablo um desses? Las Casas, que não o conhece, mas que observou sua presença na véspera, se faz essa pergunta. Por enquanto a única questão que interessa é a chegada do reino de Deus.

Irmão Pablo se levantou. Com uma voz tranqüila, ele responde ao cardeal:

— Sim, Eminência, é isso o que pensamos.

O cardeal, muito contente por mostrar alguns de seus conhecimentos, lembra então aos presentes que, quatro séculos antes, um abade cisterciense chamado Joaquim de Flore profetizou a próxima chegada do *millenium*, do reino supremo, anunciando que Cristo desceria à Terra cercado de luz, para aí criar um reino de glória e paz, por cerca de mil anos. Muitos são os franciscanos que partilham dessa esperança.

— Essa felicidade celeste é para já?

— Sem dúvida. Deus não iria demorar a manifestar seu poder.

— Ele vai então criar seu reino?

— Sim.

— Breve?

— Assim que os últimos fiéis forem convertidos. Estamos certos disso. Nossa vitória sobre os mouros foi uma primeira prova da boa graça de Deus. A facilidade com que as novas terras foram conquistadas é um outro sinal, muito claro. Deus decidiu pôr sua mão sobre a Terra.

Las Casas, que parece muito incomodado, o interrompe:

— O senhor conhece as intenções de Deus?

— Nós as imaginamos, talvez.

— Em todo caso, o senhor se coloca facilmente como seu porta-voz. Mas como os índios poderiam acreditar que agimos em nome de Deus? Por toda parte eles nos chamam de "yarés", que significa "demônios". Para eles, fomos nós que viemos do inferno e temos o Diabo como senhor!

— O senhor acredita nisso? — pergunta o cardeal.

— Como, Eminência?

— O senhor acredita no que acabou de dizer?

— Os índios acreditam. Foi o que eu disse.

— Mas, e o senhor? É sua opinião que me interessa, frei Bartolomeu, o senhor acha sinceramente que os espanhóis são demônios?

Pergunta perigosa. Todos se lembram de que a Santa Sé concedeu à Espanha o direito de ocupar uma parte dos novos territórios (uma outra parte ficou com os portugueses) a fim de levar para lá a verdadeira fé. Roma, evidentemente, não pode ter confiado essa missão a personagens diabólicos. Inconcebível.

Las Casas, evidentemente, pressente a armadilha. Mas ele acha também que uma resposta morna marcaria um recuo de sua parte e que Sepúlveda logo tentaria tirar proveito disso. Assim, depois de uma breve reflexão, escolhe uma resposta forte. Ele sabe muito bem que ela vai surpreender e chocar:

— Eminência, nessas terras distantes alguma coisa de demoníaco se apoderou dos conquistadores. Eles se transformaram em demônios, sim, eu acredito.

— Eles se tornaram demônios? — pergunta o cardeal, dominando os murmúrios esperados.

— Eminência, quando os mouros nos invadiam e nos pilhavam, não dizíamos que eles eram os agentes do Diabo?

— Mas era a pura verdade. Os turcos também eram.

— Pois eu lhe afirmo, lhe asseguro, que as guerras que estamos fazendo lá naquelas terras são piores que as dos turcos e as dos mouros contra os cristãos.

— O senhor então conclui que os soldados espanhóis são eles também enviados pelo Diabo?

— Eu estou dizendo que eles se tornaram demônios. Desde que puseram os pés naquelas terras. Desde que viram o ouro. Desde que passaram a ter escravos. Sim, o Diabo entrou neles. Por isso, a fé que eu carrego soa como falsa, deformada. Pois que relação se pode ver entre o Evangelho e os morteiros?

Ninguém se arrisca a responder. Sepúlveda faz rapidamente algumas anotações. Aquela polêmica particular, dentro da grande controvérsia, opõe Las Casas ao cardeal. Ele não se incomoda. O estudo lhe ensinou a ser paciente.

— Como posso pregar? — pergunta Las Casas. — Como posso falar de ternura e caridade? E do amor que Deus tem pelos homens? Como evocar a mansuetude de Maria? Como contar, por exemplo, a parábola do Bom Samaritano? Como levar o consolo da vida eterna aos que nós privamos da vida presente? Quem pode me responder isso aqui? Fazemos, na realidade, exatamente o contrário: por causa do sangue que nos acompanha, nós contrariamos os desígnios de Deus!

Sobrevém o silêncio. Os secretários escrevem sem parar. Cada um certamente se lembra desta ou daquela palavra de Cristo.

O delegado retoma a discussão com a seguinte frase:

— Já que o senhor diz que os índios são nossos semelhantes, então eles também são demônios?

Las Casas parece surpreso, não pelo argumento em si, mas pelo fato de que ele lhe seja endereçado naquele momento e daquela forma. Habituado a uma estrita obediência à lógica do raciocínio — mesmo que ele freqüentemente lhe escape por não conhecer todos os seus mecanismos —, ele percebe uma falha, uma estranheza. Como um músico que detecta uma nota grosseira e falsa na execução de um virtuose famoso.

— Eminência — diz ele —, perdoe-me, não posso aceitar esse argumento. Ele me parece mal elaborado.

Com uma ponta de irritação — ou quem sabe tudo não passe de fingimento, talvez o prelado tenha falado daquela forma para ajudar secretamente Las Casas —, o cardeal responde:

— Pois não, corrija-o.

— Tanto uns como outros são homens. Os mesmos homens. Não tenho nenhuma dúvida quanto a isso. Mas a sede do ouro e da conquista transformou os nossos em demônios.

— Os nossos apenas?

— Sim, Eminência. Os outros eram movidos apenas pelo desejo de nos receber. Não tinham nenhuma ambição de lucro ou de posse.

O cardeal balança a cabeça, prefere não insistir e se volta para Sepúlveda:

— Continue, professor.

O professor agradece com um movimento da mão e retoma seu discurso no mesmo ponto em que havia parado:

— Todos os povos da Terra estão, pois, destinados a ser cristãos. A ser tocados, algum dia, pela palavra de Cristo. O mundo é assim, desde seu começo. Ora, eis que descobrimos uma população desconhecida que nunca ouviu falar de Nosso Senhor, da Redenção, da Cruz!

Las Casas não o deixa continuar. Quer interrompê-lo, quer lhe dizer — o que ele acreditava com sinceridade, como muitos outros — que as novas terras foram visitadas pelos apóstolos, que a palavra de Cristo foi ali pregada como "em todas as nações", que havia aqui e ali marcas dessa pregação, e até cruzes.

Ele realmente pensa assim, caso contrário como admitir um continente completamente esquecido por Deus? Como admitir que a boa nova não tenha sido anunciada a todos os homens? Obstinadamente, no Novo Mundo, desde os primeiros passos de Colombo e de seus companheiros, os missionários espanhóis procuraram provas da passagem de algum dos apóstolos.

Parcos vestígios, na verdade. Isso todo mundo sabe. Se o Evangelho foi um dia pregado naquelas terras, é preciso reconhecer que foi logo esquecido.

Pela primeira vez desde o começo da controvérsia, Sepúlveda levanta a voz de repente. Ele chega mesmo a bater na mesa com a mão. Eis um argumento que ele recusa admitir, até mesmo escutar. É a sua vez de interromper o bispo:

— Não! Isso não é sério! E o senhor sabe disso! O senhor se esforçou para provar que aquele continente foi visitado pelos apóstolos! Mentira! A palavra de Cristo nunca foi levada àquelas terras! O que isso significa?

Las Casas quer falar mas o cardeal, com um gesto seco, ordena que se cale. Ele sente que um bom torneio de palavras está para vir e seria pena cortá-lo.

Encorajado, Sepúlveda continua.

— Isso significa e só pode significar uma coisa: que não se trata de criaturas reconhecidas por Deus! Que elas não sabem o que é a salvação! E vou prová-lo. Primeiramente, como disseram, pela extrema facilidade da ação: trezentos homens vindos da Espanha submetem um poderoso império de vinte milhões de habitantes, e não haveria nisso a mão de Deus? Nunca, em época alguma, houve um feito que se compare a essa conquista! Até a doença está de nosso lado! A epidemia de varíola foi obra de Deus para iluminar o caminho. Os idólatras morriam como percevejos, pois Deus queria eliminá-los. Hoje, essa limpeza continua. Forçados a demolir seus templos, no México, um grande número deles morre continuamente, esmagados pelas pedras: como não ver aí a punição divina? O mesmo se pode dizer das minas! Sei bem que isso pode, às vezes, parecer crueldade humana, e eu não estou dizendo, naturalmente, que essa crueldade não deixou de ocorrer algumas vezes, mas como explicar que, desde o começo, os índios obedecessem tão facilmente aos espanhóis? Como explicar que não se revoltassem contra seus novos senhores? Que na maioria das vezes escolhessem a submissão e às vezes o suicídio em vez da luta?

Ele se dirige ao dominicano diretamente:

— O senhor diz que eles perderam o gosto pela vida e que seus filhos já nascem mortos. Fala de algumas ervas que as mulheres teriam ingerido. Vê aí sinais da perda da coragem. Mas não seria a prova luminosa da condenação divina? Não teriam eles se curvado sob o peso da mão de Deus e assim foram lançados no inferno?

O superior do convento ergue a mão, anunciando que quer tomar a palavra, mas o cardeal não percebe. Ele tem toda sua atenção voltada para o filósofo, agora mais vibrante que nunca, que se dirige, o dedo em riste, a Las Casas, que ficou pálido:

— Jamais, e o senhor sabe, jamais o senhor conseguiu explicar convenientemente a ausência de Cristo naquelas terras! Jamais! Procurou mil atalhos, pôs em dúvida a palavra do filho de Deus, chegou até a mentir! Sim, até a mentir, a falsificar vestígios, como verdadeiros charlatães, porque alguns de seus amigos não hesitaram em fabricar falsas cruzes, com madeira velha, para que se acreditasse que os apóstolos passaram um dia por ali! Pois então, esta explicação estou lhe dando hoje. E ela é muito simples, como toda verdade. Mas o senhor deve elevar os olhos da Terra e abri-los para a luz divina, que permite ver a evidência e o sentido das coisas, fora das trevas em que vivemos. A história dos homens é conduzida por Deus. Ninguém duvida disso. Saibamos ver sua mão invisível quando ela age. Aqui, o sentido está claro: essas criaturas de aparência humana não fazem parte do povo de Deus. Elas não estão compreendidas na visão universal. Estão excluídas da promessa e a boa nova não existe para esses selvagens. É uma verdade clara, que explica tudo. Aquele que recusa vê-la, torna-se cego de si mesmo.

Um dos assessores do delegado chama-lhe a atenção em voz baixa: o superior não abaixou a mão mesmo diante daquela longa fala de Sepúlveda.

O cardeal lhe dá a palavra com um gesto.

— No capítulo dos caracteres demoníacos — diz o superior, que se dirige a Sepúlveda (e sua frase cai mal, fora de hora, como uma idéia há longo tempo guardada) —, não dizem que nas minas eles morrem vítimas da própria libertinagem? De suas práticas sodomitas?

Las Casas não consegue mais se conter. Ergue-se de novo e exclama:

— Não acredito no que estou ouvindo! Libertinagem? Nas minas? Estou dormindo ou acordado?

— Irmão Bartolomeu...

— Mas eu acreditava que essas histórias monstruosas não existiam mais! Histórias que conheci melhor que vocês! Porque as ouvi milhões de vezes! Que eles construíam igrejas para Satanás! Adoravam falos eretos, como os pagãos! Que eram incestuosos e grandes sodomitas, sim, falavam muito dessas coisas, que eles deitavam, erguiam as pernas no ar e deixavam que introduzissem vinho no rabo por uma cânula!

Alguns dos presentes trocam olhares, perguntando-se se o monsenhor (pois antes de tudo se trata de um bispo) não estaria usando uma linguagem um tanto forte. Eles interrogam o cardeal com os olhos, pensando que ele vai talvez intervir uma vez mais, porém desta vez ele deixa passar, não intervém.

E Las Casas diz:

— Entre os astecas, a pederastia era punida com muito rigor! Punida com a morte, muitas vezes! E não disseram que entre eles havia mais mulheres que homens, o que é, parece, um signo de barbárie? Por quê? A mulher seria tão demoníaca assim? E as minas? Libertinagem nas minas! Eminência, se o senhor tivesse feito uma rápida visita a uma daquelas cloacas, a um daqueles túmulos, não imaginaria um instante sequer ser possível uma posição sexual! São buracos cavados na terra quente. Jogam lá as pessoas que trabalham sem descanso até a morte. É só isso. A pessoa desce viva e volta destruída. E ainda me vêm falar de libertinagem! Eminência, que devo fazer? Devo rir ou chorar? Diga-me!

— Cale-se agora, frei Bartolomeu.

— Me calar? Mas eu não posso!

Ignorando o sinal que o cardeal faz para Sepúlveda, mandando que prossiga, Las Casas chega a dar alguns passos adiante. E é ao filósofo que ele se dirige:

— O senhor quer ver por toda parte os sinais da mão de Deus, o que isso quer dizer? Quer dizer: não ver senão os sinais que nos são favoráveis! Evidentemente! Os outros, o senhor faz de conta que não existem! Ignora-os! Todo o seu discurso parece só ter um objetivo, o de colocar Deus a seu lado, a qualquer preço, mesmo que seja à força. O senhor diz a todo instante: Deus guia meus atos, me ajuda a segurar minha espada, nada faço sem Ele, pois Ele está comigo. Mas o que leio por trás de tudo isso é bem outra coisa. Eu leio: Deus serve a meus interesses! É o que justifica meus crimes!

Desta vez o cardeal — cólera sincera ou fingida, não se sabe — parece não conseguir mais tolerar a palavra provocadora do dominicano. Ele mesmo pega e balança a campainha, fala com firmeza:

— O senhor está passando dos limites! Ninguém aqui pode duvidar da escolha de Deus! Peço categoricamente que se cale!

Las Casas obedece. Ele se cala e reflete um instante enquanto seu adversário bebe um copo d'água.

Como é possível falar da escolha de Deus? Escolher não é justamente uma decisão puramente humana, que supõe algumas soluções possíveis, analisar argumentos a favor e contra, e finalmente chegar a uma conclusão, não sem ter às vezes ficado em dúvida?

Mas como Deus poderia hesitar? Ele não sabe de tudo com total certeza, desde a origem dos tempos? Não conhece o destino da Terra, esse destino que Ele mesmo traçou? Deus poderia estar hesitante diante de que escolha? Como poderia Ele tomar uma decisão? E por que naquele momento? E naquelas circunstâncias?

E se a escolha de Deus está feita, talvez pense também Las Casas (mas sem expressar publicamente esse pensamento, que é quase uma insanidade), se essa escolha é irreversível, uma escolha que ninguém jamais poderá reverter, por que me fez Ele nascer, eu, por que me empurrou para esse papel de defensor dos índios, e por que, aos sessenta e seis anos, me dá toda essa força para duvidar que Ele fez essa escolha?

Na mesma hora, ou quase, uma carriola, puxada por dois cavalos, penetra no claustro do convento — com alguma dificuldade porque o pórtico é estreito.

Na carriola se ergue uma estranha construção de madeira, uma grande guarita, com três pequenos orifícios, iguais a fendas.

Dois senhores cuidam do veículo e dos animais. Parecem obedecer a instruções muito precisas. Desatrelam os cavalos e os levam, deixando a carriola e a guarita no claustro. Alguns monges curiosos olham. Aquela coisa parece intrigá-los, mas eles não fazem nenhuma pergunta. Não têm esse hábito.

Pouco tempo depois, um dos dois homens volta. Traz um cantil de couro. Subindo na carriola, aproxima o gargalo do cantil de uma das fendas da guarita. Não resta dúvida: ele dá de beber a alguém.

7.

Certamente é preciso retomar um pouco a dimensão teórica do debate, já evocada pelo cardeal. No centro: a questão do poder temporal, isto é, do poder terrestre do papa, representante indiscutível de Deus.

Para resolver de uma vez por todas as contradições dos evangelhos — ora afirmam que é preciso devolver a César o que é de César; ora dizem que tudo o que o chefe da Igreja selar na Terra estará selado no céu —, o grande Tomás de Aquino, em sua *Suma Teológica*, pedra angular da Idade Média cristã, foi taxativo: "O direito divino não anula o direito humano". Ou seja, se essa frase for interpretada claramente, e honestamente aceita, existe um direito humano (direito à vida, direito à liberdade, direito de posse) que nenhuma decisão baseada no "direito divino" poderia anular.

O que significa, no espírito de alguns exegetas, que os índios da América têm um direito humano sobre suas terras, de que são proprietários legítimos, e que nenhuma decisão pontifícia lhes tiraria esse direito, mesmo em nome de Cristo.

Era nesse sentido que o grande Vitória — lamentavelmente falecido na época da controvérsia — lia a obra de Santo Tomás. Como todos os pagãos, dizia em sua obra *De Indis*, publicada em 1539, os habitantes do Novo Mundo são donos de forma absolutamente legítima do solo que os viu nascer, e, evidentemente, dos frutos desse solo. O papa confiou aos espanhóis a missão de evangelizar as almas; ele não pôde — não tendo para isso poder legítimo — lhes dar o domínio material sobre os corpos dos homens e sobre os bens da Terra.

Naturalmente, Vitória não chega ao ponto de pedir aos colonos espanhóis que peguem seus navios de volta e retornem imediatamente para a Espanha; nem mesmo que renunciem a seus títulos de propriedade. Ele lhes reconhece o direito de navegar por toda a superfície dos mares, de descobrir a Terra inteira, pátria comum da espécie humana, de estabelecer entrepostos comerciais e todas as relações sociais que forem precisas (fórmulas perigosas, acusadas de falta de rigor).

Num ponto preciso, e fundamental, Vitória, no entanto, foi firme: sobre a questão da "guerra justa". Santo Tomás colocou o ato de fé entre os atos do livre arbítrio. Pode-se, portanto, cumpri-lo ou recusá-lo. De qualquer forma, trata-se aqui de um ato puramente humano, em que o direito divino não pode intervir. Em outras palavras: não se pode obrigar um só homem, pela força, a mudar de crença. Impossível ameaçar e, pior ainda, supliciar para impor uma crença, mesmo que seja a verdadeira. Impossível, enfim, pelos mesmos motivos, batizar em massa, fazer exercícios coletivos puramente mecânicos, militarmente organizados, em que a sinceridade parece não ser obrigatória.

Só é válida a violência em caso de defesa. Só é permitido espancar e abater os índios se eles atacarem os pregadores, se perseguirem os recém-convertidos, se se obstinarem em proteger terras injustamente conquistadas (isto é: conquistadas pela guerra contra outros índios), se persistirem em praticar sacrifícios humanos com inocentes.

Mesmo assim, seria melhor reagir o mais delicadamente possível, abster-se de ferir e de matar, pelear com uma "justa intenção", mesmo sabendo que com as mais puras intenções cometem-se, às vezes, pecados monstruosos. É preciso, enfim, fugir drasticamente da idéia de vingança e de conquista; e isso não apenas por caridade cristã, mas também por cálculo, pois essas violências, como escreveu Vitória, corriam o risco de impor obstáculos à conversão dos bárbaros, em vez de favorecê-la.

No caso dos sacrifícios humanos — o ápice do horror —, introduz-se o mais delicado dos dilemas. Onde começa, onde termina esse direito que me dou de intervir na vida de povos estranhos? Isso se limita a essa espécie de sacrifícios? Mas como, em certas ocasiões, distingui-los de uma execução capital? E já que é assim, perguntemo-nos por simples dedução se devemos intervir com nossas armas sempre que atos para nós criminosos forem cometidos em outros lugares, sob outras leis, sob a proteção de outros deuses. Porque adoramos o verdadeiro Deus, estaríamos nós necessariamente encarregados de dominar a Terra?

O pecado é sutil. Nasce muitas vezes da virtude, ou de um ato que parece inocente. Ao autorizar, por exemplo, esse ou aquele comércio de especiarias, excita-se a ganância dos mercadores, incita-se ao roubo, espoliações, mentiras, às vezes crimes. O responsável por isso seria então aquele que, longe de qualquer culpa, promoveu esse comércio? Seria tão culpado quanto aquele que comete o pecado? Estaria ele pecando indiretamente?

Assim é que mil questões se agitam, nessa corrente ativa, generosa e, sobretudo, clarividente do pensamento cristão. Trata-se de marcar sempre, o mais sinceramente possível, as origens de um erro, e de limitar suas conseqüências. Incessantes esforços de lucidez e retidão. Exames agudos da consciência. Acima de tudo, uma preocupação de primeira ordem: jamais conspurcar a inigualável pureza do Evangelho.

Em sentido oposto, um outro rio atravessa a Igreja desde o século XIII. É conhecido como a tradição ostiense, que tem esse nome por causa do cardeal de Óstia, na Itália, o teólogo Henrique de Suse. Aqui, a coisa é clara. O que o papa sela na Terra é igualmente selado nos céus. O poder temporal da Santa Sé, perfeitamente legítimo pelas próprias palavras de Cristo (cada exegeta escolhe sua palavra), justifica qualquer intervenção militar, e com efeito violenta, destinada à propagação da verdadeira fé. Essa propagação é até mesmo um dever para um cristão, não importa o preço a ser pago (pelo outro).

Posição clara e firme, ainda mais firme pelo fato de ela se basear em certas passagens de Tomás de Aquino, em que o pai da teologia, embebido de Aristóteles, não hesita em também distinguir diferentes categorias entre os homens. Tradição antiga, sólida, largamente representada no seio da Igreja (o cardeal de Sevilha apela para ela), chegando até a ordem dos franciscanos. A coroa espanhola, dizem, recebeu do papa, e conseqüentemente de Deus, uma missão providencial, espécie de investimento sagrado: levar o Evangelho ao Novo Mundo. Nenhum pretexto — nem mesmo a caridade — permite que se falhe aí.

Nesse conflito, perpetuamente renovado, entre as duas virtudes cardeais, que freqüentemente se mostram totalmente inconciliáveis, a fé com suas exigências e a caridade com seus princípios, Sepúlveda se alinha claramente com a frente ostiense. A guerra das Novas Índias foi ordenada pela mais legítima das autoridades. Logo, ela é justa e necessária.

Ele não se rende. Ao longo do terceiro dia, quando os participantes já começam a se cansar e às vezes até a se repetir (a resistência física pode influenciar no desfecho de uma controvérsia), ele retoma uma a uma as declarações de Las Casas. Insiste particularmente na acusação de possessão demoníaca — muito grave naquela metade de século, quando a caça às bruxas recrudesce, sobretudo nos países do Norte — levantada pelo dominicano contra os conquistadores.

Ele exclama, por exemplo:

— Comparar os portugueses e os espanhóis a criaturas do Diabo, dizer que o demônio penetrou neles assim que desembarcaram nas novas terras, que absurdo! Que exagero de linguagem! Que idéia mais estapafúrdia! Os próprios indígenas reconheceram que os recém-chegados haviam-lhes sido enviados por algum deus: estavam certos disso, por instinto! Desde o primeiro contato! Chegaram até a adorá-los.

De fato, a lenda era tão antiga que os habitantes recentemente descobertos saudavam seus algozes como deuses, diante dos quais se ajoelhavam instintivamente. Simples rumor dos primeiros contatos, rapidamente desmentido, mas um forte rumor. É por isso que, na sala, é possível notar alguns meneios de cabeça. A maioria dos monges que ali estão jamais pôs os pés na América. Concordam por ser mais cômodo. Aqueles que estabelecem categorias sociais entre os homens raramente se identificam com os degraus mais baixos da pirâmide.

Encorajado, Sepúlveda insiste então na barbárie dos indígenas:

— Dizer que os índios são inocentes! Mas como concordar com o senhor? Eles que sacrificaram por seus ídolos milhares, dezenas de milhares de vítimas! Oitenta mil só para a inauguração do grande templo do México!

Las Casas tenta dizer que essa quantidade extraordinária está longe de ser verdadeira, mas se confunde um pouco com os números. Sepúlveda sustenta seu argumento central — os sacrifícios humanos — e a ele se agarra com obstinação. Nem um nem outro sabem exatamente (aliás, nunca ninguém saberá) quantos corações foram arrancados nas fatídicas escadarias do templo. Mas a imagem de um homem matando seu semelhante — tão comum e tão bem aceita numa guerra, ou simplesmente num saque — tem algo de terrivelmente chocante, de insuportável, quando se trata de um culto, de um ritual qualquer; como se a guerra trouxesse, de fato, para o indivíduo, uma mudança de estado, uma metamorfose do ser em que, entre a regra e a exceção, estabelece-se um jogo de outra natureza.

Las Casas pede a palavra por um instante. Acaba de encontrar entre seus papéis uma carta em português, escrita por um viajante chamado Caminha, que foi um dos companheiros de Cabral nas incursões à costa brasileira. De Lisboa, Las Casas recebeu cópia dessa carta, datada de 1500. Caminha se deslumbra com a esplêndida natureza que descobrem, o agradável acolhimento dos indígenas, sua beleza, os corpos desnudos das raparigas...

Desaprovação geral. Aquelas descrições idílicas já estão perdidas no passado. Cinqüenta anos depois, após a descoberta e o aniquilamento dos grandes impérios, difícil acreditar nelas, parecem ingênuas, um pouco tolas — ainda que sejam sinceras e verdadeiras. A platéia protesta com alguns movimentos de ombro, aqui e ali. O próprio cardeal parece dizer que todo mundo já está cansado daquela história. Las Casas se cala, guarda a carta. Uma inabilidade? Ou uma manobra para arrefecer o ímpeto de seu adversário?

Sepúlveda imediatamente transfere a discussão para os astecas. Abandonando a inocência original (a suposta inocência), os selvagens seminus, sem importância, logo escanteados, ele volta a falar do grande império e de seus complexos costumes, furiosamente repudiados:

— Mas é o mais bárbaro, o mais sanguinário dos povos! Sodomitas, sim, e canibais! O senhor esqueceu de mencionar isso. Conta-se que viviam "empanturrados de carne humana"! Mataram soldados espanhóis e os devoraram! E alguns dançavam cobertos com as peles dos cristãos! O senhor diz que eles não sabem mentir? Mas eles o enganaram! Continuamente! Desde que um povo saiba falar, sabe mentir! Esses índios são em sua maioria selvagens ferozes. Não apenas é justo, é também necessário submeter seus corpos à escravidão e seus espíritos à verdadeira religião!

Os murmúrios de aprovação o acompanham sempre, enquanto as penas não param de correr sobre o papel.

Sepúlveda fala com convicção sobre a condição bárbara dos habitantes do México. Indiretamente, ele consegue abrir espaço para a caridade, numa hábil manobra:

— Supondo mesmo o absurdo, supondo que sejam inocentes por natureza, ninguém duvida que eles sacrificavam vidas humanas para conseguir os favores de seus deuses. Dessa forma, nossa guerra não estaria assim justificada, uma guerra para proteger inocentes contra chefes tiranos, que levavam seus homens à morte e freqüentemente os devoravam?

Neste ponto, ele é advertido pelo cardeal — ninguém consegue dizer, nesse exato momento, para que lado pende seu coração.

— Professor, essa questão já é ponto pacífico. Mas o senhor, assim como eu, sabe que raciocinando dessa forma, na maioria das vezes só fazemos adiar o problema. Assim vamos ficar discutindo o tempo todo para saber quem são os chefes tiranos e quem são os inocentes.

— É verdade — diz Sepúlveda.

— Inocentes que, de qualquer maneira, jamais nos chamaram para socorrê-los.

— Mas como poderiam pedir? Eles nem sabiam de nossa existência!

— Creio, todavia — continua o delegado —, que saímos aqui do nosso campo para entrar no da diplomacia e das operações militares. Ora, repito, não nos reunimos para falar da guerra. Essa conquista — mesmo que alguns não gostem dessa palavra — é coisa do passado. Estamos aqui com uma intenção clara: decidir qual a natureza exata dos índios. Se eles são descendentes de Adão e Eva, se nascem com o pecado original, se foram redimidos pelo sangue de Cristo, se têm uma alma semelhante à nossa, se podem, como nós, almejar a vida eterna.

Ele faz uma pausa, olha diretamente para Sepúlveda e diz:

— Professor, diga-me claramente sua opinião.

Para responder, o outro procura apoio nas palavras do mestre, do qual brande uma obra:

— Aristóteles disse muito claramente: alguns homens são feitos para governar e dominar os outros.

— Seria o caso, na sua opinião?

— Sim, Eminência. Eles são escravos por natureza.

Sepúlveda relembra em algumas frases o que todos supostamente sabem (mas para alguns nem tudo está claro): Aristóteles, em sua *Política*, diz com clareza que o escravo não acede à dignidade humana. Ele não passa de um instrumento animado, uma espécie de máquina viva feita para executar as ordens do mestre.

Para executar essas ordens, é preciso que ele as compreenda. Se ele é capaz de compreendê-las, de obedecer, isso mostra que, de certa maneira, ele participa da natureza racional do homem, como um animal doméstico particularmente inteligente, mas não chega a possuir a totalidade dessa natureza. Essa participação permanece passiva, restrita. Poderíamos dizer: numa só direção.

Sepúlveda retoma então as diferentes categorias de relações de dominação criadas por Aristóteles, que pretendem estabelecer a perfeita ordem do mundo. É justo e normal, diz, que a matéria obedeça à forma, o corpo à alma, o apetite à razão, e, da mesma maneira, o animal ao homem, a esposa ao marido, o filho ao pai, o imperfeito ao perfeito, o pior ao melhor, e isso para o bem universal de todas as coisas. A lei divina e natural sempre prescreveu essa ordem. Aristóteles e os teólogos estão de total acordo nesse ponto.

— Essa ordem foi estabelecida pelo Criador para o bem de todos — diz o professor. — O senhor necessita do escravo e o escravo necessita do senhor. Aquele que nasceu escravo, se fica sem senhor, está perdido. Desaparece da face da Terra.

Sepúlveda assinala de passagem — mas rapidamente — que a vitória na guerra não necessariamente estabelece uma escravidão legítima, e conclui repetindo que a relação senhor–escravo existe em benefício de um e de outro, e que nada pode ser mudado a não ser que seja posto em perigo o mundo tal como foi criado.

Após o que ele afirma com a mesma convicção:

— Sim, Eminência. Os habitantes do Novo Mundo são escravos por natureza. Em todos os pontos conforme a descrição de Aristóteles.

— Esta afirmativa exige provas — diz calmamente o prelado.

Sepúlveda não discorda. Inclusive, já imaginando esse tipo de questão, preparou toda uma documentação. Ele pega a primeira folha.

— Antes de tudo — diz ele —, os primeiros a serem descobertos se mostraram incapazes de qualquer iniciativa, de qualquer invenção. Em contrapartida, pareceram-nos aptos a repetir os gestos e as atitudes dos espanhóis, seus superiores. Para fazer alguma coisa, bastava-lhes observar um outro fazendo. Essa tendência à repetição, que é acompanhada, diga-se, de um verdadeiro talento na arte da imitação, é a característica da alma escrava. Alma de artesão, alma manual, por assim dizer.

— Mas isso é coisa do passado! — exclama Las Casas. — Para justificar os abusos, os invasores sempre disseram que os povos conquistados eram indolentes, burros, mas muito capazes de imitar! César falava a mesma coisa dos gauleses quando os subjugou! Eles demonstravam, dizia, uma espantosa habilidade para copiar as técnicas romanas! Não podemos sustentar aqui tal argumento! César não queria ver a vida verdadeira dos povos da Gália, seus costumes, sua língua, suas crenças e até mesmo suas ferramentas! Ele não queria e, conseqüentemente, não podia ver tudo o que aquela vida tinha de original. E nós fazemos o mesmo: vemos apenas o que imitam de nós! O resto apagamos, destruímos para sempre, para poder dizer: isso nunca existiu!

O cardeal, que não interrompeu o dominicano, parece atento a esse novo argumento, que diz respeito aos costumes dos povos. Ele observa tratar-se, aí, de um campo de discussão bastante delicado, no qual corremos o risco de ser constantemente seduzidos pelo hábito, adquirido ainda na infância, que temos de nossas próprias práticas, e que findam por parecer muito superiores às práticas dos outros.

— Exceto quando se trata de escravos por natureza — diz o filósofo. — Pois bem sabemos que os índios cobiçaram quase de imediato nossas armas e nossas roupas.

— Alguns deles, sim, sem dúvida — responde o cardeal. — Ainda que seja difícil distinguir, em seus motivos, o que existe de admiração sincera e o que não passa de simples bajulação. Que outras marcas de escravidão natural o senhor percebeu neles?

Sepúlveda pega um maço de anotações e começa uma leitura à meia-voz, como fazendo um resumo preciso, indiscutível:

— Eles ignoram o uso do metal, das armas de fogo e da roda. Carregam cargas nas costas, como animais, durante longos percursos. O alimento deles é intragável, parecido com o dos animais. Pintam o corpo de forma grosseira e adoram ídolos abomináveis. Não voltarei a falar dos sacrifícios humanos, que são a marca mais execrável, e a mais ofensiva a Deus, de sua condição.

Por ora, Las Casas nada diz. Contenta-se em fazer algumas anotações. Nada daquilo o surpreende.

— Acrescento que são descritos como seres estúpidos iguais a nossas crianças ou a nossos loucos. Trocam freqüentemente de mulher, o que é um sinal muito claro de selvageria. Ignoram completamente a nobreza e o caráter elevado do belo sacramento do matrimônio. São tímidos e covardes para a guerra. Ignoram também a natureza do dinheiro e não têm idéia alguma do valor de cada coisa. Trocavam, por exemplo, ouro por cacos de vidro.

— Ora vejam! — exclama Las Casas. — O fato de não adorarem ouro e dinheiro a ponto de sacrificar corpo e alma seria uma justificativa para tratá-los como animais? Não seria o contrário?

— O senhor está me confundindo as idéias — responde o filósofo.

— E por que motivo o senhor julga a alimentação deles abominável? O senhor provou? Não caberia a eles dizer o que é bom ou ruim? Simplesmente porque uma comida é diferente da nossa devemos achá-la repugnante?

— Eles comem ovos de formiga, vísceras de pássaros...

— Nós comemos vísceras de porco! E caramujos!

— Eles mergulharam no vinho — diz Sepúlveda —, a ponto de, em muitos casos, perder o pouco de razão que tinham.

— E tudo fizemos para encorajá-los a isso! Não disseram ao senhor que, por outro lado, eles cultivam frutas e legumes que até então desconhecíamos? E que certos tubérculos são deliciosos? O senhor diz que eles carregam a própria carga nas costas: o senhor não sabe que a natureza não lhes deu nenhum animal que fizesse tal trabalho? Quanto a pintar o corpo de forma grosseira, o que o senhor sabe disso? O que significa a palavra "grosseira"?

— Irmão Bartolomeu — diz o delegado —, o senhor terá novamente a palavra, durante o tempo que desejar. Nada deixará de ser esclarecido, eu asseguro. Mas por ora mantenha o silêncio.

O dominicano, que parece um pouco cansado, senta-se. O cardeal dirige-se ao filósofo:

— Conforme o senhor diz, a posse e o uso de armas de fogo seria uma prova de proteção divina?

— Uma prova muito evidente.

— No entanto, os mouros possuem armas de fogo e as utilizam muito bem contra nós.

— Eles as copiaram das nossas.

O delegado parece não ter certeza quanto a esta última afirmação. Ele tenta se lembrar. Não teria lido em algum lugar que o uso da pólvora para canhão vinha dos países do Oriente?

Na platéia, ninguém consegue responder com precisão e certeza. Melhor pensar, o que é bem mais cômodo, que a arma de fogo é uma invenção cristã, como a maioria das outras.

E se, porventura, como sugere o conde Pittaluga, a intervenção divina ainda não tinha se manifestado claramente naquela invenção (que não era recente, como se diz), certamente ela se manifestou ao privar os índios, até a época da conquista, daquele tipo de arma. Assim, a pobreza de seu armamento militar mostra não só como eram atrasados nesse campo, mas também como Deus os privara de um meio verdadeiro de defesa.

O delegado, deixando de lado essa questão, retorna a Sepúlveda:

— Outra coisa: o senhor fala dos sacrifícios sangrentos que eles faziam a seus deuses.

— Deuses cruéis, horríveis, feitos à própria imagem daquele povo.

— Sim, sim, trata-se mesmo de um terror demoníaco. Todos estamos de acordo. Mas se eles não são seres humanos iguais a nós, se estão mais para animais, podemos então censurar seus sacrifícios? O senhor percebe o que quero dizer?

— Reconheço a sutileza de Vossa Eminência — responde calmamente o filósofo, que parece um pouco incomodado.

O dominicano, que permanecia sentado, recobra subitamente o ânimo. O cardeal viria mais uma vez em sua ajuda? Por que aquele discurso ardiloso? Para intervir na discussão, colocando-se do lado de Las Casas, ou simplesmente para mostrar sua força?

Em todo caso, o delegado insiste, batendo firme:

— Apenas podemos censurar-lhes os sacrifícios humanos se forem realmente humanos.

Sepúlveda abaixa a cabeça e pensa, enquanto um certo número dos presentes aprova o delegado. Mas estariam eles sendo sinceros? Não estariam agindo — pelo menos alguns deles — sob o efeito perverso da bajulação? Não seria aquela a ocasião sonhada para demonstrarem ostensivamente sua aprovação ao fino raciocínio do prelado?

— Eu não nego a condição humana daquela gente — retoma o filósofo —, no sentido que Aristóteles a entende, seria um absurdo; afirmo simplesmente que eles estão no patamar mais baixo desta condição, e que a natureza deles difere essencialmente da nossa.

— O senhor não mostrou provas suficientes.

— Ainda estou longe de concluir.

— Então continue.

— Eminência, afirmo que a ignorância e a ingenuidade deles não têm limite. Darei vários exemplos.

Ele pega algumas anotações que lhe são passadas por um secretário.

— Retomo primeiramente os presságios que tanto os aterrorizaram. Estavam certos da existência de uma enorme pedra que falava, anunciando o fim de seu reino. Eles viam, em dias sem vento, gigantescas ondas soerguerem-se das águas do lago. À noite, ouviam a voz de uma mulher, que bramia a morte e a destruição.

— Esses fenômenos são vistos, com muita freqüência, na história dos povos vencidos — diz o cardeal —, seja porque Deus os envia de fato, seja porque os habitantes os inventam sob o domínio do medo, para logo esquecerem que inventaram.

— Ali, eles alcançaram proporções muito especiais, o que pode levar a pensar que foi Deus quem os fez se perder. Foi Deus quem tornou os sonhos deles confusos, sonhos em que eles antes acreditavam, a ponto de os imperadores quererem saber o que seus súditos sonhavam. Foi Deus quem corrompeu a visão que eles tinham das coisas. Uma caravela nossa era para eles como "uma montanha sobre as águas do golfo". Deus os conduziu, como lembrou o senhor bispo, ao desespero e ao suicídio.

Ao chamar Las Casas de senhor bispo, relembrando sua diocese em Chiapas (a que, aliás, Las Casas renunciou desde que decidiu retornar à Espanha para lá terminar seus dias), o filósofo queria lembrar que o dominicano era, por definição, servo e representante de Deus. Ele não pode deixar de perceber a ação de Deus quando ela é exercida em toda claridade. O hábito que veste lhe impõe uma forma de pensar. Sepúlveda sabe disso. Ele gosta de deixar o monge-bispo embaraçado.

— Ainda que eu não tenha citado todos esses fatos em meu livro — diz, estendendo novamente a mão na direção de seu assistente —, posso lhe dar um bom número de exemplos. Teria, inclusive, mil observações a acrescentar. Além desse desespero, desse desprezo pela vida (ele emprega a expressão latina *toedium vitae*) que demonstra muito bem a sujeição a um deus, eu poderia citar, deixando de lado os presságios, um monte de tolices que poderiam até mesmo diverti-lo. Vou citar uma: eles faziam oferendas de galinhas aos cavalos, pois achavam que os cavalos pensavam e falavam, que davam conselhos aos cavaleiros!

Alguns dos presentes esboçam um riso de descontração. Outros, como Las Casas, não vêem nada de engraçado.

— Chegavam até mesmo a acreditar que os espanhóis, por algum sortilégio cósmico, nunca haviam sido crianças. Tinham nascido adultos, sem mãe, como os gregos pensavam em relação à deusa Atena, nascida já com suas vestes guerreiras e suas armas! Achavam também que eram imortais! Tomavam a cruz por um deus, sim, a cruz, um objeto! E viam a missa como uma prática mágica, capaz de dar aos participantes poderes imensos!

Las Casas exclama:

— Nada fizeram para lhes dizer o contrário!

Sepúlveda não liga para essa interrupção. Prossegue, no mesmo tom:

— Quando chegaram os primeiros religiosos, nossos irmãos franciscanos, que não estavam atrás de ouro, os índios ficaram assustados. Não conseguiam compreender quem eram aqueles homens vestidos com tecidos grosseiros, que só falavam do caminho do Céu. Era sua pobreza que os assustava, como uma anomalia da natureza.

— Eles foram mal-acostumados — diz Las Casas. — Esse amor pela pobreza lhes parecia tão raro!

— Eles criaram incríveis lendas a respeito dos franciscanos. Contavam até que os monges eram mortos, sim, cadáveres com vida, e que à noite abandonavam suas vestes para ir ao encontro de suas mulheres no inferno! E retornavam nas primeiras horas do dia para assombrar a terra!

Essa declaração — que o padre Pablo aprova — suscita movimentos de espanto e diversão. Sepúlveda sente que começa a reconquistar um terreno perdido.

Mas Las Casas se levanta. Ele já esperava esse argumento e sabia o que ainda estava por vir:

— E nós? Não seríamos ingênuos e ignorantes? Ou não fomos à procura de sereias e minotauros? Ou das amazonas? Ou ainda de homens com a cabeça enterrada no peito? De homens-caranguejo? De pigmeus que se enrolavam nas dobras de suas próprias orelhas? De cidades escondidas na floresta e repletas de cúpulas de ouro maciço?

Ele pretende claramente fazer uma longa enumeração, mas o cardeal lhe interrompe a palavra.

— Sim, sim — diz —, conhecemos todos esses delírios. É o que costuma acontecer a cada nova viagem. E assim será sempre, o senhor sabe disso.

— Então por que deixamos de lado nossas fantasias, nossa ingenuidade, e ficamos nos divertindo com as dos índios?

O cardeal pergunta com aparente boa-fé:

— Por acaso eu demonstrei estar me divertindo?

— Eminência — responde o dominicano —, o mundo sempre foi povoado de sonhos e rumores, como se a realidade que nossos olhos vêem nunca nos satisfizesse. Aquelas terras imensas eram para nós desconhecidas, e mesmo que tivessem sido descobertas em outros tempos, quem sabe visitadas pelo apóstolo Tomás, tinham caído no esquecimento. Sua lembrança tinha se apagado de nossa memória. Eis, portanto, um continente, pense bem nesta palavra, um continente que cresceu praticamente sozinho, e há quantos milhares de anos! O reencontro deixou todo mundo estupefato.

Ele remonta à sua infância, àquela alegria que o agitava à chegada das caravelas, à aparição dos índios e dos papagaios, à curiosidade que animava Sevilha — tristemente celebrada hoje como a capital da escravidão. Ele repete que encontro algum jamais lhe provocara tamanha sensação.

Sepúlveda o deixa falar. Quando o dominicano abandona sua infância, o filósofo lhe pergunta:

— E como o senhor explica essa estupefação?

— Porque uns desconheciam a existência dos outros!

— Seja mais preciso. A verdadeira razão, qual era?

— Aonde o senhor quer chegar?

— Eu vou lhe responder — diz Sepúlveda. — Tal estupefação recíproca se explica por uma razão muito simples: tudo era diferente. O senhor bem o sabe. Até os animais, até as árvores eram de espécies diferentes! Eles não tinham nem boi, nem carneiro, nem oliveira, nem galo, nem galinha, nem girafa, nem leão. Nós não tínhamos nem jaguar, nem colibri, nem todas aquelas frutas, nem aqueles legumes de que o senhor falou. Tudo era diferente. Por que, em dois mundos tão diferentes, só os seres de aparência humana tinham alguma coisa de semelhante?

Hábil pergunta. Todos refletem. Las Casas está prestes a dizer que o coelho era o mesmo, o crocodilo também — ainda que um pouco diferentes, a bem da verdade. Procurando com atenção, haveria também algumas plantas, alguns peixes...

Sepúlveda passa para um novo tema. Dirige-se diretamente ao cardeal, retoma sua primeira declaração, como se tivesse pressa em concluir:

— Eminência, repito, tudo leva a crer que Deus os destinou a nós. Ele esperou que nossa vitória sobre os mouros se completasse e no mesmo ano conduziu as naus cristãs às novas terras. Sua mão divina se manifestou com força e determinação.

— Disso — diz o cardeal —, sou tão bom juiz quanto o senhor. Terminou?

— Não, Eminência. Não terminei. Resta-me o mais delicado, que é também o mais convincente.

— Vejamos.

— O senhor deve saber igualmente, e neste ponto são numerosíssimos os testemunhos, que os índios são incapazes, ainda hoje, de compreender as coisas mais simples.

— Quais? — pergunta Las Casas.

— A redenção de Cristo, por exemplo, o pecado original, o mistério da Santíssima Trindade, o perdão da confissão.

— É isso que o senhor chama de "as coisas mais simples"?

— Mas é evidente. Qualquer criança entre nós as entende.

— Porque desde a infância se vê obrigada a aprender o dogma, que lhe é ensinado longamente, pacientemente! E, mesmo assim, o senhor tem certeza de que todas as crianças entenderam?

— Pelo menos é o que dizem.

— Como diriam o contrário?

— Não creio — diz o filósofo — podermos nos lançar aqui num estudo comparativo da alma infantil. Autores bastante sábios escreveram sobre este assunto. Posso enviar-lhe depois. O que, no entanto, eu gostaria de concluir, com a maior tranqüilidade...

Ele se volta para o cardeal:

— ... é que os índios não têm nenhuma atividade espiritual.

A vida de seu espírito é fraca, muito aquém da nossa. Enfim, eles não possuem nenhum ideal de arte, de beleza.

— Mas não posso permitir que se diga isso! — exclama o dominicano, novamente de pé. — Eles têm uma concepção de arte! E ela os satisfaz! Como afirmar que a expressão deles é inferior à nossa, senão para nos dar assim o direito permanente de destruí-la. Pois é o que fazemos, desde o início! Nós queimamos seus escritos! Destruímos suas estátuas! Conspurcamos seus afrescos!

— Eminência — diz o filósofo —, não eram mais do que produções imperfeitas, rudimentares...

— Mas de forma alguma! Era, ao contrário, tudo muito elaborado, muito complexo. E muito admirado por eles! Como o senhor ousa falar do que não conhece? E como querer que eles não tenham nenhuma atividade do espírito? Neste exato momento, no México, os franciscanos acabaram de inaugurar um colégio...

Las Casas localiza o franciscano na platéia e pede confirmação:

— Não é verdade?

— É verdade — diz padre Pablo. — O colégio funciona já há vários anos.

— E o que se ensina lá? — pergunta alguém.

— As mesmas disciplinas que na Espanha: história, literatura, religião, moral. Em suma, nossa educação.

— O colégio é aberto a todos?

— Não, isso seria impossível. Recebemos somente os filhos de príncipes, astecas ou tlaxalecas. Só meninos. E também alguns filhos de comerciantes.

Las Casas lhe pergunta:

— E não é verdade que eles demonstram a mesma disposição, a mesma aplicação que os espanhóis?

— É verdade.

— E que chegam aos mesmos resultados?

— Sim — diz o franciscano. — Eles fazem até versos em latim.

Ele insiste:

— Os jovens astecas se adaptam muito rapidamente aos nossos costumes. Alguns vestem roupas de seda, iguais às nossas. Em uma hora, aprendem a usar uma arma de fogo e miram tão bem quanto nós. Apreciam o vinho, algumas vezes até em excesso. Quanto à nossa jurisprudência, eles captam tão bem as sutilezas que conseguem às vezes usar nossas leis contra nós. Sem grande sucesso, vale dizer.

— Eles estão — retoma Las Casas — perfeitamente no mesmo nível que nós no que diz respeito ao espírito. Compreendem as mesmas coisas que compreendemos e param diante dos mesmos mistérios. Reconhecem as mesmas articulações da lógica, os mesmos teoremas científicos. Toda a atividade daquele colégio prova isso.

Sepúlveda introduz uma breve observação:

— O senhor deixou bem claro: filhos de príncipes?

— O senhor acha — pergunta Las Casas — que o nível de nosso espírito varia de acordo com nossas origens?

— Não é impossível — responde o filósofo. — Aristóteles já observara que a natureza não é infalível na sua distribuição das qualidades. A nobreza pode às vezes morar num coração simples, e a vileza, num aristocrata. Mas é raro. Mesmo na Espanha, em nossas universidades, vemos apenas as crianças bem-nascidas conseguirem mais que as outras.

— Mas por questões outras sem ser as de origem!

— Que outras questões?

— A educação, o hábito da leitura desde a infância, o contato com pais que...

O cardeal agita a campainha e observa que a discussão parece novamente tomar o caminho errado. Ele corta a palavra do monge-bispo. Lembra uma vez mais o tema que é preciso debater e pergunta a Sepúlveda se ele deseja acrescentar mais alguma coisa.

— Sim, Eminência. Gostaria de dizer que essas considerações sociais, mesmo se por vezes parecem muito superficiais, muito convencionais, são, no nosso caso presente, indispensáveis. Eis por quê: os nobres astecas de quem falamos, aqueles que hoje nos confiam seus filhos, nunca tiveram a menor idéia, muito menos ainda a menor prática, do que chamamos liberdade. O sistema deles, antes de nossa chegada, era rigorosamente hierarquizado e completamente estamental. Todos os privilégios estavam reservados ao imperador e aos aristocratas que o cercavam. Espero que o senhor bispo não me contradiga neste ponto.

— Não, diz Las Casas, mas mostrarei nuanças.

— Quantas queira. O senhor não contestará, no entanto, um fato fundamental: a magnífica palavra de Cristo, sobre a qual o senhor vai me afirmar que é dirigida a todos os homens, não importa o grau de conhecimento, essa palavra não pode ser aplicada a uma população que desde sua origem está submetida a outras leis. Essa palavra, de caridade e de justiça, não foi feita para um povo nascido para a escravidão e que a aceita sem reclamar. Vou até mais longe: essa palavra libertadora, que leva a cada homem a possibilidade de salvação, conduziria neste caso à confusão, à simples desordem. Ela não foi feita para essa gente. Dita sem precaução, ela pode confundi-los. Às vezes me pergunto se não deveríamos protegê-los dela.

8.

Um momento de espanto. Preocupado, o cardeal toma o cuidado de refletir sobre as frases que acabou de ouvir. Ele pergunta, refreando a voz:

— O senhor estaria querendo dizer, professor, que deveríamos parar de pregar, lá, o Evangelho?

— Não, Eminência. Não, eu não disse isso. Eu disse que as idéias cristãs podem deixar aquelas almas confusas, despreparadas que estão para recebê-las; principalmente nas classes mais baixas. Foi tudo o que eu disse. E isso pode ser usado para acelerar a submissão deles. Dessa maneira, em vez de serem largados como destroços à deriva, eles encontram uma ordem, uma estabilidade, esses valores de que tanto necessitam.

— O senhor perdeu a esperança de levá-los à fé cristã?

— Não. Mas entre eles os eleitos serão poucos. Por outro lado, todas as testemunhas observaram por lá um grau de mortalidade fora do comum. Pergunto-me às vezes se esse apelo triunfante da morte não decorre, em grande parte, de nossas idéias inaceitáveis.

— De que maneira?

— A natureza deles, diante de dois caminhos tão opostos,vê apenas a morte como saída.

Las Casas levanta-se de repente diante dessa hipótese, que julga ser puramente retórica e absurda. Como esquecer os melhores veículos da morte, as armas de fogo e a varíola? E como penetrar numa alma estrangeira? Como saber o que, de fato, nela se passa sem que aí introduzamos a nosso bel-prazer nossos próprios sentimentos, hábitos, reflexões?

— Seria preciso — diz ele — muita paciência e muito trabalho. Ninguém pode querer penetrar na alma do outro inocentemente. Eu mesmo não quero. Amando-os como a meus irmãos, freqüentando-os de perto, fui muitas vezes surpreendido por suas reações. Em todos os sentidos. Sei que precisaria de todo um século para conhecê-los à perfeição. E, no entanto, sei que eles são iguais a mim, eu o sinto, mesmo que tenham a meu respeito um sentimento parecido com o meu. Sim, a mesma perplexidade. Sei que eles se esforçam para me compreender, mas minha batina branca e preta os deixa perplexos, assim como minha tonsura, assim como o crucifixo que lhes mostro. Há um certo estranhamento em ambos os lados. Também nesse ponto somos parecidos.

O cardeal diz que acha esse raciocínio um tanto obscuro e falso, pois estranhamento recíproco não quer necessariamente dizer semelhança. Las Casas não insiste. Tem consciência de que o seu campo não é o da argumentação teórica. Mesmo em teologia ele tem suas fraquezas e ignorâncias. Afastado das bibliotecas, durante muito tempo ele viveu por entre mares e florestas, sem tempo de lapidar os caminhos sinuosos da lógica. Ele sabe que nisso Sepúlveda o supera, e se sente inseguro.

Por isso, prefere voltar à questão mais concreta da arte:

— Como podemos negligenciar, menosprezar a arquitetura deles? Porque ela não se parece com a nossa? Porque eles não sabiam o que era abóbada, que, aliás, vem dos pagãos? Mas seus edifícios apresentavam proporções, uma imponência, uma beleza, e até mesmo um sentido que talvez nos escape! Sim, uma beleza! Antes de destruirmos todas as suas cidades, o próprio Cortés escreveu ao rei de Espanha dizendo que nunca havia visto algo tão belo em sua própria terra. Ele escrevia com cautela, evidentemente, para não ferir o orgulho do rei, mas ouçam, ouçam algumas frases...

Seu velho amigo Ladrada lhe passa algumas folhas cobertas por uma espessa caligrafia. As cartas de Cortés ao rei de Espanha são por todos conhecidas há quase trinta anos. Também é sabido que Las Casas detestava a frieza cínica do conquistador. Ele tira seus argumentos do próprio inimigo.

— Cortés escreve o seguinte: "Há naquela grande cidade templos, em outras palavras, moradas de ídolos, de belíssima arquitetura... Contei quarenta torres muito altas e admiravelmente bem construídas... Há naquela cidade muitas casas grandes e belas... Nada a ver com a Espanha... A mais bela coisa do mundo... No dia-a-dia, as pessoas manifestam tanta polidez e bons modos quanto na Espanha... É algo admirável de ver o quanto são civilizados em tudo...".

Ele lança um olhar para a platéia, que escuta e aprova. Observa Sepúlveda tomando notas. E continua a leitura:

— "Há tanto a dizer sobre o estado das casas de Montezuma e as coisas admiráveis de que ele se cercava, assim como de sua magnificência, que nem sei por onde começar... Há algo mais magnífico do que ver um senhor bárbaro como ele possuir, reproduzidos em ouro, prata, pedras e plumas preciosas, todos os animais e todas as coisas de seu reino, e tão finamente feitos em ouro e prata que fica difícil encontrar um outro joalheiro no mundo que faça melhor? Quanto às pedrarias, não saberíamos explicar com que instrumentos eles as lapidam de forma tão perfeita. Quanto aos objetos de plumas, nem a cera nem nenhum outro produto poderia imitar o seu trabalho maravilhoso".

Ele repõe as folhas sobre a mesa.

— Paro por aqui a leitura. A palavra "maravilhoso" volta a cada página. E não sei o que dizer desta frase, a última que citarei: "Alguns entre nós nos perguntávamos se o que víamos não passava de um sonho...". Sim, um sonho... Um sonho agora destruído...

Sepúlveda repete então que a natureza, é o que se vê com freqüência, dá aos escravos natos uma excelente habilidade manual, como um sinal do destino. Além do mais, é visível que Cortés pintou o México com suas cores mais vistosas. Ele queria seduzir o rei, cujo apoio militar lhe era necessário. Sepúlveda diz isso em uma frase:

— O conquistador que precisa de reforços não vê barreiras à sua conquista.

Las Casas rejeita essa objeção dando de ombros, pega outros documentos e prossegue:

— O senhor diz que entre nós tudo era diferente? O senhor se engana. Tenho aqui extensas listas de analogias, feitas por outros que não eu: as mesmas divisões administrativas, o mesmo costume de dar à família o nome de seu chefe, o mesmo castigo para os traidores, o mesmo comportamento nas festas, e também nos jogos. Sim, os astecas dizem injúrias como nós quando perdem! Eles têm um jogo que se parece com xadrez. E o que mais? Até na religião, até em seu culto, numerosas semelhanças foram encontradas! Sei que isso é passível de discussão. Por isso não me deterei neste ponto. Mas escutem isto. E acreditem no que digo.

Ele pega um outro maço de papéis:

— Em certos ramos da medicina, eles estavam à nossa frente. Sabiam lutar contra a dor, a ponto de termos começado a adotar o quinino. Conheciam milhares de remédios, extraídos das plantas e dos rochedos. Praticavam a trepanação de crânios, sem instrumentos de metal, apenas com pedras talhadas. E o que pensar do seu sistema de irrigação? Também aí o conquistador não pôde esconder sua admiração. E a escrita ilustrada? E a aritmética? E a habilidade no desenho? E o conhecimento do céu, o calendário esculpido na pedra, que parece ser mais preciso que o nosso?

Sepúlveda parece rejeitar essa afirmação com um gesto e um sorriso. O dominicano não se importa. Continua:

— Como puderam bárbaros sem Deus realizar tantas coisas? E a organização da sociedade? E os parques de animais selvagens! Nós não temos nada parecido aqui na Europa! Absolutamente nada!

Ele pega outras folhas, fala de agricultura, de artesanato, do requinte de alguns trajes. Chega até mesmo a elogiar o sistema de impostos. Afinal de contas, parecer dizer, somente um povo verdadeiramente civilizado pode cobrar seus impostos. Crenças, deuses, encontramos isso em qualquer lugar; mas cobrança ordenada de impostos?

— Não é certo dizer que a guerra que fizemos contra eles era justa. Traçar com a espada o caminho de Deus é uma empresa desonrosa. Afirmamos isso durante séculos ao falar dos muçulmanos. O que eles chamam de guerra santa, costumávamos repetir, é uma infâmia. Ela serve apenas para escrever no chão o nome de Deus com letras de sangue. Demos a Maomé e a seus sucessores todos os nomes dados aos criminosos. E agora, fizemos o mesmo. Se não pior.

A platéia se agita. Concorda ou discorda? Ninguém saberia dizer.

— Uma guerra não pode ser justa, mesmo feita em nome

do verdadeiro Deus, quando deixa atrás de si massacres e escravidão. Esse tipo de guerra é condenável. É preciso dizer. Aqueles que a conduzem são esperados no inferno. Na verdade, a guerra dos índios era a guerra justa, aquela que eles sustentaram para defender sua vida, seus costumes, seus bens.

— Tinham, portanto, razão em se opor a nós? — pergunta o cardeal, que gosta que as coisas fiquem claras.

— Eminência, eles estavam em seu direito.

O dominicano acaba de ler e de falar durante cerca de vinte minutos. Todos os seus documentos estão espalhados à sua volta, sobre a mesa, sobre as cadeiras e até mesmo pelo chão. Ladrada, que tem dificuldade em se abaixar, começa a recolhê-los.

O cardeal olha então para o filósofo, que parece querer intervir (um de seus secretários, que havia saído, acaba de retornar).

Sepúlveda lhe faz um pergunta:

— Eminência, creio que o senhor jamais viajou até as Novas Índias?

O delegado é obrigado a admitir:

— Não, não tenho alma de navegador.

— Mas para o senhor ter uma idéia do que alguns chamam de arte, mandei trazer de lá um de seus ídolos esculpidos em pedra. Posso mostrá-lo?

Surpresa geral. O filósofo mandou trazer um ídolo do Novo Mundo até Valladolid? Teria ele pensado em tudo, até nisso?

À exceção de Las Casas e do franciscano, nenhum dos homens presentes na sala jamais cruzou o oceano, jamais viu de perto uma daquelas imagens de pedra em cujo nome se sacrificavam vidas.

— O senhor gostaria de mostrá-la agora? — pergunta o delegado, tão desconcertado (e curioso) quanto os outros.

— Já que é disso que estamos falando — responde o filósofo. — Desse modo, o senhor poderá apreciar a coisa concretamente.

Dão-se as ordens. Monges abrem as duas folhas da porta principal. Surgem quatro homens, que não são monges, mas simples trabalhadores. Um deles é africano, provavelmente capturado pelos portugueses, depois libertado, errante, e vive de pequenos trabalhos.

Eles puxam e empurram uma pesada carriola que transporta um pesado objeto coberto por uma lona.

Sepúlveda sai de seu lugar. Ele diz onde a carriola deve parar, relativamente longe do estrado onde o cardeal está sentado. Quando toda a movimentação pára, Sepúlveda pede ao cardeal autorização para desatar as cordas e levantar a lona.

Parecia tratar-se de um jogo-surpresa. Todos os olhares dos monges convergem para o objeto coberto. A um sinal de Sepúlveda, os quatro homens desatam as cordas, retiram a lona num único movimento e descobrem a cabeça esculpida de uma serpente emplumada.

Ela surge num átimo, a boca inteiramente aberta, onde se vêem longos dentes, pintada de vermelho e verde (embora a pintura esteja avariada pela viagem) e terrivelmente ameaçadora. É toda coberta de penas esculpidas na pedra. Escultura violenta, monstruosa até, mas bem equilibrada; uma imagem que parece combinar a um só tempo o horror e a harmonia do mundo.

— Trata-se de um dos deuses deles — declara Sepúlveda —, certamente o mais famoso, pelo que se diz. Imagens como esta são encontradas por toda parte. É uma espécie de monstro, uma serpente emplumada.

O franciscano dá o nome:

— Quetzalcóatl.

— É um ídolo? — pergunta o cardeal levantando-se de sua poltrona.

— Sim, Eminência.

— E eles o adoram?

— Em todos os templos — responde o padre Pablo.

Sepúlveda continua, apontando com o dedo o objeto de horror:

— Templos que exalam um terrível cheiro de ossuário. Sim, eis as gárgulas diante das quais eles se prosternam, diante das quais os sacerdotes, se podemos empregar a palavra, abriam o peito de homens vivos num só golpe de faca de pedra e mergulhavam a mão para arrancar o coração ainda pulsando!

O cardeal se prepara para descer do estrado e examinar a escultura um pouco mais de perto. O superior do convento se precipita, no instante em que o delegado pisa nos degraus.

— Atenção, Eminência, o degrau...

O cardeal atravessa com prudência o perigoso caminho. Seguido do superior e do conde Pittaluga, ele se aproxima da serpente emplumada. Olha-a com atenção durante um bom tempo, antes de constatar:

— Mas é muito feia.

À exceção de Las Casas, todos os ouvintes, como se esperassem apenas o sinal para falar, apressam-se em concordar com o julgamento do cardeal. Na verdade, nenhum deles, por origem e por educação, pode apreciar a harmonia — bárbara, mas inteligente — escondida na escultura asteca. Tudo os repugna, tanto a forma como a idéia, e é com sinceridade que lhe dão, como único atributo, a fealdade.

Por que teriam artistas, sob outros céus, adotado a fealdade como modelo? Esse pensamento não pode ocorrer-lhes. Seus critérios são por demais sólidos, estabelecidos há muito tempo. Tudo o que não corresponder a esses critérios será rejeitado.

— É horrível — diz o superior. — É realmente repugnante.

Sepúlveda declara que não seria o caso de comparar aquela pedra grosseiramente esculpida, como ele a descreve, e desprovida de qualquer sentimento nobre, às obras-primas dos italianos e de Berruguete, o escultor espanhol mais famoso da época. Assim, o critério estético, unilateralmente definido, sublinha a tese da hierarquia natural. O selvagem não tem o sentido do belo. Escravo de origem, o acesso à beleza lhe é proibido por natureza. Que beleza? Existe uma única e é a nossa, parecem responder os críticos improvisados, na sala capitular; aquela que condiz com as regras que há muito traçamos. Entre o gosto e o pensamento, uma misteriosa correlação foi de longa data estabelecida, fundamentada num inabalável silogismo: o homem superior aprecia a beleza verdadeira, logo eu sou um homem superior. E ninguém depois dos gregos pode encontrar a mínima falha nesse raciocínio inteiramente vicioso.

O delegado, que parece sinceramente admirado, pergunta a Las Casas:

— E eles consideram isso uma bela escultura?

Las Casas foi pego no contrapé. O golpe teatral de Sepúlveda o deixa embaraçado. Ele poderia dizer que as palavras "bela escultura" provavelmente não significam nada para os habitantes de lá, que a função da arte para eles é por certo bem diferente (supondo que ela tenha uma função), sem falar das regras estéticas, sempre relativas, variáveis. Mas ele não pode, sendo o homem que é, escapar da argumentação por analogia.

Desde o início da controvérsia ele tem se esforçado, de todas as maneiras, para aproximar os indígenas dos espanhóis. Insistiu nas semelhanças. A maior parte de sua argumentação se apóia na similitude de uns e outros. Sempre que pode, chama os índios de "nossos irmãos".

Ele não pode, diante da enorme cabeça da serpente emplumada, mudar subitamente de posição e passar a falar de diferença. É por isso que a ação espetacular de Sepúlveda, por ora, o desconcerta.

Ele se volta para Ladrada, procura em seus documentos alguns desenhos, tenta fazê-los circular.

— Eminência — diz —, isso não passa de um exemplo! Um fragmento, arrancado de um templo! Para julgar de forma clara, seria preciso ver o conjunto! Veja, eles também fazem tecidos muito finos, conhecem diversos processos de tintura, pintam afrescos, fabricam muitas estatuetas de terracota...

Os religiosos passam rapidamente as reproduções entre si, sem dar a elas a devida atenção.

— Não se pode comparar o que não é comparável! E eles trabalham admiravelmente a pedra dura, lembrem-se do que dizia Cortés! Sim, eles são verdadeiros artistas! Suas pirâmides são tão grandiosas quanto as do Egito! E mais variadas! E mais ornamentadas! E sua música é muito interessante! Cheia de encanto, mesmo para nós! E não é tudo! Com as plumas dos pássaros, por exemplo, que para eles são uma paixão...

O cardeal ergue a mão num gesto autoritário, calando assim o dominicano, e declara, quase sorrindo:

— Fiquemos nas plumas, irmão Bartolomeu. O senhor entusiasmou-se demais, precisa descansar. Eu mesmo, sinto isso, preciso pensar. Retomaremos a discussão amanhã de manhã.

Inútil protestar. Ouvem-se na platéia suspiros de alívio. Foi um longo dia.

O delegado ajoelha-se então num genuflexório. Todos o

imitam e fazem silêncio. Numa voz que volta a ser grave, o prelado diz, juntando as mãos vestidas com luvas de seda branca:

— Oremos por um momento juntos antes de nos separarmos.

Ele abaixa a cabeça, recita um novo salmo.

O murmúrio em latim ecoa novamente pelas pedras da grande sala.

9.

Momentos depois, enquanto o dominicano acaba de juntar seus documentos, os outros saem.

Eles se dispersam pelo claustro, que os noviços acabam de regar. O cheiro das plantas molhadas penetra o ar da noite, ainda muito quente. O cardeal se dirige para o aposento que ocupa desde o início da controvérsia.

De repente, soa um sino, numa hora inabitual. Dentro do convento ouvem-se gritos, depois ruídos de botas correndo. Os dois cavaleiros, escondidos desde que chegaram — e alimentados às escondidas por um cozinheiro comprado —, aparecem ao pé da escada, perseguidos por dois monges que ordenam que eles parem.

Os dois homens, diante do delegado e dos outros participantes do encontro, fazem bruscamente meia-volta. Eles se chocam com os monges, que tentam segurá-los enquanto o alarme continua tocando.

Grande tumulto por todo o claustro. Outros monges acorrem, nem um pouco intimidados pelas armas dos cavaleiros.

Bem depressa, os intrusos se vêem cercados. Todas as saídas são fechadas.

Mais adiante, homens trabalham na restauração de uma coluna. Alertados pelo tumulto, eles param um instante para ver o que está acontecendo. Um daqueles trabalhadores é o africano que ajudou a colocar na carriola a serpente emplumada. Certamente está ligado ao convento, factótum, pelo menos naquele momento. Ele parece não entender o que está ocorrendo.

Um dos dois cavaleiros leva a mão à espada, como se quisesse puxá-la. O outro — o que se chama Ramon — lhe segura o braço, bloqueia seu gesto. Aqui, não.

Bastante irado, pois aquele incidente arrisca prejudicar gravemente a reputação do monastério, o superior se aproxima. Pergunta-lhes quem são, e o que fazem no convento.

Por um momento, eles hesitam responder. Situação estranha: dois homens armados cercados por monges, observados por um cardeal. Ramon, que parece ter alguma autoridade sobre o companheiro, termina por confessar que vêm das novas terras.

— De onde exatamente?

— Do México. Vivemos lá.

Eles contam em poucas palavras como, ao saberem da preparação do grande debate (graças a seu bispo), juntaram dinheiro e pegaram um navio. Alguns amigos, a quem representam de certa forma, os ajudaram. Quem conseguiu informar o bispo? Oh, os rumores correm depressa. Atravessam o oceano. Parece que o vento os leva. Eles dizem também como se chamam, Ramon e Gustavo, e onde ficam suas terras. Ramon mostra a carta dada pelo bispo de Puebla. O superior a pega e começa a ler, já com o escuro da noite que cai.

O cardeal Roncieri, que se aproximou lentamente durante esse tempo, afasta os monges com a mão e se dirige aos cavaleiros:

— Os senhores têm terras lá no Novo Mundo? Os senhores mesmos as exploram?

Eles respondem juntos:

— Sim, Eminência.

— Minas também?

Ramon responde sozinho:

— Sim, Eminência. Algumas minas. Com outros proprietários.

— Vieram diretamente de lá?

— Faz cinco dias.

— Desembarcaram em Sevilha?

— Em Cádiz.

O delegado pensa um instante e diz de repente:

— Venham comigo um instante. Venham.

Ele vai na frente e faz sinal para que o sigam. Eles hesitam antes de obedecer. O superior e os outros monges estão certamente muito admirados. Mas o ato de autoridade do cardeal não pode de maneira alguma ser questionado, por mais singular e perigoso que pareça.

A carriola, aquela que transporta a guarita de madeira, foi colocada do outro lado do claustro, sob as arcadas. Ao passar, o superior a nota de repente, pela primeira vez. Surpreso, ele se volta para um dos monges que o acompanham e lhe pergunta:

— Mas o que é que isto está fazendo aí?

O monge parece ter dificuldade em responder, por ignorância, sem dúvida, mas o cardeal Roncieri, por cima do ombro, diz ao superior:

— Não se preocupe, eu cuido disso, não se preocupe.

Uma infinidade de perguntas vem aos lábios do superior, mas ele as silencia. As ordens de um cardeal, delegado do papa sobretudo, têm uma força decididamente especial. Se alguma curiosidade o devora, o superior prefere ficar na incerteza, com sua surpresa e sua dignidade.

Sem nem mesmo lançar um olhar para a carriola, ele segue o cardeal e os dois cavaleiros. Desaparecem na sombra do claustro. Ouve-se uma porta se abrir.

O sino pára de tocar.

Os outros monges, lentamente, começam a caminhar em pequenos grupos pelo claustro, esperando a refeição da noite, que será servida dentro de meia hora, depois do que virão as orações. Alguns desfiam o rosário, outros meditam, dois ou três estão sentados.

O mais jovem, o que na sala maneja a matraca, se mantém à distância. Ele tem o olhar fixo na carriola.

Se ele se aproximasse, veria brilhar, por uma das fendas feitas nas paredes da guarita, dois olhos escuros, dois olhos humanos, que vêem a noite cair sobre o claustro.

Para a estada do delegado — uma semana, dez dias no máximo —, tiveram de destruir uma parede, instalar móveis que trouxeram dos aposentos reais, tapetes, quadros das vidas dos santos, um luxo completamente desconhecido naquele convento. Cobriram a cama com lençóis finos, e trouxeram também um belo urinol de louça. Numa das mesas de seu quarto — a que o cardeal, sem uma palavra de agradecimento, mal prestara atenção, interessando-se apenas pelo lugar onde ficariam com segurança as caixas de livros e as páginas escritas que trouxera de Roma — há sempre presunto *serrano*, pão, queijo *manchego*, azeitonas, vinho. Suas refeições propriamente ditas são preparadas a seu pedido, numa cozinha particular. Ele geralmente faz as refeições sozinho ou com um padre de sua comitiva.

À noite, o cardeal gosta de ficar só. Relembra os pontos altos da discussão daquele dia, os argumentos de uns e de outros. Restabelecendo a calma interior, tenta ver as fraquezas, as afirmações precipitadas, as habilidades e os enganos. Ele sabe desde longa data de todas as armadilhas do espírito, mesmo as do seu.

Os dois cavaleiros tiraram o chapéu. Permanecem em pé não longe da porta. O cardeal acaba de ler a carta do bispo, sem acrescentar um comentário, não há como vislumbrar em seu rosto um único movimento do que vai em seu pensamento. Depois ele diz aos dois homens:

— Imagino que os senhores estão preocupados com o futuro de suas terras, não?

Como eles não respondem senão com um gesto vago, ele acrescenta:

— Ou então com o que investiram. É por isso que estão aqui? Ninguém atravessa um oceano por pura e simples curiosidade.

Eles são obrigados a admitir.

O cardeal, que tirou as luvas, pega uma azeitona preta com dois dedos. Leva-a aos lábios, cuidadosamente, como se estivesse cuidando de sentir o sabor.

— É normal — diz ele —, é humano. Todas as criaturas que vivem nesta Terra compreenderiam vocês. Se Deus colocou o ouro à nossa volta foi porque quis que nós o encontrássemos.

O tom é o do bom senso, da pura e simples evidência. Os dois homens, que começam a confiar, balançam — mas comedidamente — a cabeça. Estão evidentemente de acordo.

— E para que o usemos — acrescenta o prelado. — O ouro já se achava no paraíso terrestre. Quanto a isso não temos nenhuma dúvida. Para dizer a verdade, ele estava muito bem escondido.

Ele engole a carne da azeitona e cospe o caroço. Como se falasse consigo mesmo, diz:

— Tudo tem um sentido na criação. Sabemos bem disso. Mas que sentido?

Pegos de surpresa, pois a pergunta parecia dirigida a eles, os dois cavaleiros preferem ficar calados. Decifrar o enigma das coisas não é com eles. Os cardeais existem para isso.

O delegado levanta um dedo e então declara, subitamente severo:

— Mas não pensem de maneira alguma que Roma não esteja informada do que acontece naquelas terras. Enviamos emissários secretos, temos relatórios precisos.

Os dois homens não têm a menor dúvida. O primeiro, Ramon, que parece de temperamento mais tranqüilo, ousa dizer ao prelado:

— Eminência, nossa situação não é fácil.

O cardeal nada responde, o que significa muito precisamente que o outro tem o direito de falar.

— Aqui — acrescenta ele —, todos pensam que somos muito ricos. Que basta chegar lá, começar a trabalhar e logo estamos ricos. E bem ricos. Mas é exatamente o contrário, Eminência.

— Como, o contrário?

— Temos de nos esforçar muito para preparar a terra para o plantio.

— Por quê? Elas não eram cultivadas?

— Não como aqui. Tivemos de trabalhar e semear ao nosso modo. E depois, a terra é dura e hostil. O clima nos dá febre por causa dos insetos.

— Tive um irmão que morreu lá — diz o outro homem.

— Sem falar das serpentes, das aranhas mortais, dos milhões de escorpiões.

— Sei de tudo isso — diz o cardeal. — As terras quentes são mais perigosas que as outras.

— Também é preciso dizer que os índios não gostam de trabalhar para nós. Isso também é verdade. Precisamos treinar os cães para pegá-los quando fogem, e eles tentam fugir o tempo todo, temos de prendê-los, fazê-los compreender... Algumas vezes eles preferem morrer, isso também é verdade. Eles se deixam morrer, ou então se matam, pulando de barrancos. Isso acontece. Mas é preciso dizer que, para eles, a vida de um homem não vale nada. Quase nada.

— Parece que eles se matam por passatempo — diz o segundo *encomendero*.

Ramon, de lado, lhe dirige um olhar rápido. Frase desastrada, sem dúvida alguma, e que leva o prelado a fazer a seguinte observação:

— Não estou certo de que quando morremos o tempo passa mais depressa.

Foi uma bela gafe, acompanhada de um silêncio, de um mal-estar. Ramon retoma a palavra para dizer a mesma coisa: os índios não têm interesse pela vida. É curioso, mas é assim. Que estejam vivos ou mortos para eles é a mesma coisa.

— Nós, naturalmente, os preferimos vivos. Mortos, não servem para nada.

— Pouquíssimos mortos têm alguma utilidade — diz o cardeal —, isso é evidente.

— Fazemos o que podemos por eles. Para que gostem da gente. Cuidamos deles quando estão doentes, organizamos espetáculos, com música quando é possível. E também lhes mostramos nossas ferramentas e até como as fabricamos! Ensinamos-lhes o castelhano, e toda a história da Espanha, como expulsamos os mouros.

— Está bem — diz simplesmente o cardeal.

— Mas é claro que nos preocupamos. Eu tinha mandado buscar carneiros na Espanha, a metade morreu e os outros foram roubados. Somos forçados a ser um pouco duros, algumas vezes, não é?

Ele se dirigiu a Gustavo, seu companheiro, que aprova e repete a palavra:

— Forçados.

— Se agora nossas condições devem mudar — retoma Ramon —, se o que nos disseram no início não vale mais nada...

Ele se interrompe — no que poderia ser tomado como o princípio de uma ameaça — pois o cardeal acaba de levantar o dedo para perguntar:

— Vocês são bons cristãos?

Resposta a uma só voz:

— Sim, Eminência, claro.

— Vocês se confessam? Recebem a comunhão?

— Toda semana, Eminência. Aliás, o senhor bispo pode confirmar. Ele provavelmente diz isso na carta.

— Ele diz, sim. O que esse bispo faz pelos índios? Me contem.

— Pelos índios?

— Sim. Ele organizou cursos de catecismo?

Os dois homens, cheios de incertezas, se olham.

— Eu não poderia lhe dizer, Eminência — responde Ramon.

— Ele se preocupa com os pobres? Pratica a caridade? Ajuda as famílias indigentes, algumas vezes?

Os dois homens balançam a cabeça: não sabem dizer. A menos que, por simples prudência, eles estejam evitando falar de seu bispo. A Igreja sabe ser hábil para arrancar uma confissão. Talvez fosse melhor conservar a discrição e o silêncio. Já tinha havido acusações que, algumas vezes, caíram sobre a cabeça do delator, que pensava, no entanto, estar agindo certo.

O cardeal os encara por um bom tempo. Bem informado, ele sabe perfeitamente que o bispo de Puebla é um colonizador firme, ferrenho adversário de Las Casas. Mas ele percebe também a retração dos dois homens que interroga. Inútil ir mais longe. Se foram escolhidos entre outros, devem saber segurar a língua num caso como esse. De um bispo, não se deve falar mal jamais.

Por isso, retoma a conversa num tom mais convencional:

— Como vocês são dois bons cristãos, devem confiar na Igreja. Ela não é leviana, vocês sabem disso, e o que ela decidir está decidido. Estão me ouvindo? A Igreja tem sempre razão. Deus a assiste. Ela não pode, portanto, se enganar.

Os dois homens balançam a cabeça. Estariam convencidos? Ninguém poderia afirmar. Nada lhes foi dito que os fizesse ter certeza. O cardeal não demonstrou nenhuma simpatia especial, nenhum sinal de otimismo. Se ele já definiu suas intenções, elas permanecem rigorosamente secretas. A autoridade que se depreende de sua atitude, de suas vestes, do cenário que o cerca, tudo o ajuda a se dissimular, como uma bela carapaça. Sua função o protege e o impede de se trair.

— Conseqüentemente — acrescenta ele —, seja qual for a decisão da Igreja, que é nossa mãe, vocês deverão mostrar obediência.

— Sim, Eminência.

— Podem ir.

Os dois homens se inclinam e dão meia-volta em direção à porta, bem próxima. No momento em que saem, ouvem a voz do prelado que lhes diz:

— Amanhã, se vocês quiserem, poderão assistir à controvérsia.

Eles ficam muito surpresos. Por que essa repentina decisão? Seria uma indicação favorável?

— Poderemos pedir a palavra? — pergunta Ramon.

— Se eu achar necessário — responde o prelado.

— Obrigado, Eminência.

— Vão dormir na cidade e voltem amanhã — acrescenta o cardeal. — Deixarão vocês entrar sem precisar desembolsar nada. Direi que lhes abram a porta. Mas vocês vão me prometer ser polidos em suas maneiras e demonstrar a maior devoção.

Eles prometem tudo o que o cardeal pediu, inclinam-se uma vez mais e se vão.

Sozinho com o delegado, o superior manifesta preocupação. Aqueles dois homens são mesmo recomendáveis? Sua educação cristã não parece lá muito firme. Às vezes, eles têm atitudes de rufião. Não seria um pouco imprudente deixá-los participar da discussão?

— Deus fala por todas as bocas — responde o cardeal. — Cabe-nos escutar.

Sem insistir, compreendendo que há ali alguma intenção secreta, o superior pergunta se seu hóspede está bem acomodado. Este lhe responde que tudo está perfeito: bom quarto, boa comida. Ambos sentem que os detalhes materiais não têm ali nenhuma importância, como o bem-estar pessoal, o buquê do vinho, o tecido dos lençóis. A questão a que eles devem responder ultrapassa de muito todas aquelas contingências. O eco repercutirá por dezenas de anos; por séculos provavelmente. Deus não pode deixá-los cometer enganos.

O cardeal tem água para passar a noite e alguns figos frescos. Não precisa de mais nada. O superior lhe deseja um excelente repouso e sai. Ele pretendia fechar a porta, mas chega o conde Pittaluga para apresentar suas saudações ao representante do papa.

Desde o começo da discussão, o conde se manifestou muito pouco. Por momentos, ele boceja por detrás das mãos com luvas cinza. Impossível saber se escuta ou se divaga, indiferente, pensando em seus negócios particulares. É um homem de vestes escuras, bastante elegante. A barba está aparada de acordo com a nova moda. Sabe-se que ele é casado e tem três filhos. Provavelmente muito rico.

Sob esse ar de indiferença, o cardeal acreditou no entanto observar uma atitude mais complexa. Há cerca de uns vinte anos, o papel que a Coroa de Espanha desempenha não é dos mais claros. É um papel exercido com uma real ambigüidade. Sobre os índios do Novo Mundo, Carlos V se questiona e se preocupa. Ele recebeu Las Casas, escutou-o, e só depois pediu novas leis. Nomeou várias comissões de teólogos e pretendeu regulamentar o direito de conquista — sem grande êxito. Mas nunca fez a viagem, deixando de pôr a marca do seu pé num continente que Deus lhe deu. Medo do mar? Pouco caso? Desconhecimento?

Perpetuamente em luta contra os franceses e os turcos — que fizeram aliança para encurralá-lo —, vendo vacilar e ruir, aos cinqüenta anos, seu sonho de monarquia cristã universal, ele nem sempre esconde suas hesitações. Boatos estranhos circulam, dizendo que ele gostaria de passar o poder real para seu filho Filipe. Falam de seus remorsos freqüentes e de suas enxaquecas. Monarca de um império gigante, ele confessa algumas vezes que a tarefa é pesada.

O cardeal não é homem de ignorar que cada fraqueza de um grande homem é uma porta aberta por onde se precipitam as ambições. Pressões de todo o tipo aparecem todos os dias, de diversas formas — da família ao confessor. Ele não tem nenhuma dúvida de que os representantes dos grandes *encomenderos* souberam encontrar o preciosíssimo caminho que leva aos ouvidos preocupados do rei.

Aparentemente, o conde Pittaluga só tem a dizer boa-noite, com reverência e quase sussurrando. Ele se preocupa, no entanto, com o dia do cardeal e com um possível cansaço. Em pé e calado, enquanto o cardeal o tranqüiliza, será que ele espera alguma confidência? Será que sua missão é saber para que lado o delegado pende?

— O senhor acha que terminaremos amanhã? — pergunta.

— Por quê?

— Tenho uma partida de caça.

— Não posso lhe responder agora — diz o cardeal. — Isso dependerá de tantas coisas. No seu lugar, eu suspenderia a caçada.

— É uma caçada que organizo todo ano na mesma data. Há dois anos, o rei veio pessoalmente.

— Senhor conde, não sei que impressão lhe deixou nosso debate, nem qual sua opinião neste momento. A minha ainda não está clara, e eu não queria errar. Se sua presença na caça é indispensável, poderemos abrir mão da sua presença. Não nos apressaremos sob nenhuma hipótese.

— Compreendo.

— Diga ao rei, se o encontrar, que rezei por ele.

— Eu direi.

— E durma bem, meu filho, durma em paz.

Segue uma rápida bênção. O conde faz o sinal-da-cruz e se retira. Nada lhe foi adiantado.

Quando a porta se fecha, o rosto do cardeal parece livrar-se de uma máscara. O semblante se desanuvia, ele suspira, passa a língua nos lábios. Um jovem monge de plantão lhe traz um candelabro, que dá vida às sombras do quarto. Vê-se brilhar o ouro fino das molduras, um ouro que vem talvez dos objetos de lá, do Peru ou do Equador. O monge se dispõe a ajudar o prelado a tirar o hábito. Ele recusa.

O monge se retira levando o urinol, que trará de volta um pouco mais tarde, vazio e limpo. Ele se desloca silenciosamente. Parece uma batina caminhando solta no ar.

O cardeal põe um dos cotovelos sobre a mesa que está à sua

frente. Dobra a mão e nela apóia o rosto pensativo. Fecha quase completamente os olhos. Eis seu momento preferido.

Numa cela do mesmo convento, Las Casas e seu companheiro Ladrada estão jantando, tomam sopa (com queijo e carne) acompanhada de um pedaço de pão.

Na mesa da cela, eles espalharam anotações e desenhos, que põem em ordem. Trabalham, sem poder dizer naquele momento qual lado está ganhando. Até a entrada da serpente emplumada, Las Casas não tinha observado nada na tática de seu adversário. Quanto a si, ele tem a impressão de ter feito uma boa defesa, com veemência e convicção, sabendo perfeitamente que nada terminou.

Uma vez mais, ele retoma um dos tomos dos escritos dos padres da Igreja, com marcadores nesta ou naquela página. Com a ajuda de Ladrada, ele verifica citações. Eles devem prever as fontes que Sepúlveda vai usar, e a quem eles vão recorrer para refutar seus argumentos, para responder-lhe.

Dentro da noite, pela janela aberta, os dois homens ouvem soar um dos sinos do convento. Eles se benzem e ficam em silêncio. Ladrada boceja e volta ao trabalho.

Naquela mesma hora, a grande sala capitular está vazia. A luz suave da lua penetra através das enormes janelas.

A luz cai sobre a boca cheia de dentes da serpente emplumada, que passa a noite entre uma estátua da Virgem com o menino e o túmulo de um arcebispo — para sempre deitado naquele mármore, as mãos juntas, os olhos sem vida voltados para o céu.

A luz da lua parece brincar sobre as formas bárbaras, sobre os dentes, os olhos redondos e as plumas de pedra.

Sob as arcadas do claustro, a carriola e a guarita esperam também pelo nascer do dia.

Tudo está parado. O sino pára de tocar. A noite é só silêncio.

Dentro da guarita, ouve-se um ruído de palha, e alguém tossindo.

10.

Na manhã seguinte, todos os participantes encontram em seus lugares uma dezena de folhas manuscritas, deixadas por Sepúlveda e seus assistentes. Essas folhas trazem um título: *Doze objeções*. Elas foram copiadas durante a noite, distribuídas assim que o dia nasceu.

A primeira hora da manhã, bem depois da oração, é dedicada à leitura. Todos encontram alguns argumentos ouvidos nos dias anteriores. Alguns exemplos os reforçam. Afirmando que cabe aos prelados, e sobretudo ao papa, encorajar os príncipes a se lançar em guerras justas, Sepúlveda cita o papa Adriano, que encorajou Carlos Magno a combater os lombardos heréticos; ele recorre até à Bíblia, ao capítulo 12 do Deuteronômio, em que Deus manda muito claramente destruir os templos dos pagãos, quebrar suas estátuas e ídolos. A isso acrescenta o famoso exemplo de Sodoma e Gomorra, em que Deus não hesitou em lançar as chamas do céu para aniquilar os ímpios. Cita também o Levítico e outros textos de doutores da fé.

Seguro em suas referências, ele afirma que se, durante uma

guerra justa, inocentes são mortos, trata-se, na realidade, de um fato acidental, do qual não se podem culpar os príncipes e os capitães que têm o direito e também o dever de acabar com os idólatras.

Toda a argumentação de Sepúlveda se articula em torno de princípios simples: os índios são grandes pecadores, fornicadores e canibais. Têm inteligência grosseira e nenhum senso artístico, o que os destina à submissão, pois são escravos natos. Sacrificam-se e se destroem uns aos outros, o que dá às nações cristãs uma forte razão de intervir, para salvar vidas.

Enfim, como o objetivo supremo é a evangelização, está claro (e comprovado) que uma conquista militar prévia torna as conversões mais rápidas. Todos os conquistadores vitoriosos poderiam relatar essa experiência. Os deuses que viajam tranqüilos são os deuses vencedores.

Depois de uma hora de leitura e de consultas particulares, Las Casas levanta a mão. Pede para falar, dizendo que pode enunciar imediatamente doze réplicas em resposta às doze objeções.

O cardeal não parece ter pressa em lhe dar a palavra.

— Agora não — diz ele. — Não vamos passar por um caminho já percorrido. Melhor ir adiante. Tenho algo para lhe anunciar e lhe mostrar.

Todos fazem silêncio. Dois novos personagens estão lá, sentados num banco, os dois colonos, que o delegado convidou. Há uma hora, alguns dos monges, que reconhecem os intrusos da véspera, olham para eles com curiosidade. Mas ninguém faz nenhuma pergunta. Não é hábito.

A serpente emplumada foi encostada numa parede, à vista de todos.

Todos esperam pela declaração anunciada por Roncieri.

Quando ele sente o momento propício, e a espera ansiosa da assistência, diz com uma espécie de sorriso:

— Ontem, o professor Sepúlveda nos gratificou com um belo lance teatral ao nos apresentar sua serpente emplumada. Ele conseguiu o efeito que queria. Hoje é minha vez de apresentar-lhes minha surpresa.

Todos retêm a respiração. Uma surpresa da parte do cardeal? Quem podia prever? Que anúncio singular, que extravagância! Como diríamos (quase) em espanhol, que *disparate*!

— Sim, retoma o prelado, é bem verdade que nunca atravessei o grande oceano e que não estou mais em idade de me arriscar. Creio que acontece o mesmo com a maioria dos senhores. Devemos nos contentar com o que nos contam e com algumas imagens. Isso não basta, eu sei bem. Por isso me perguntei qual seria o melhor meio nessas condições para decidir com consciência. Creio ter encontrado um.

Ele faz uma pequena pausa, bem consciente da ansiedade que toma conta dos presentes.

— Finalmente escolhi trazer até aqui, na Espanha, alguns espécimes dessa raça indígena. Pareceu-me que, tendo-os diante de nós, estaríamos mais à vontade para examiná-los longamente e ver se eles são ou não são semelhantes a nós. Espero que os senhores aprovem minha decisão.

Esta última frase é apenas uma formalidade, pois é evidente para todos que a decisão do cardeal não será submetida à discussão, muitos menos à aprovação; e tanto mais porque alguns acham, sem dizer nada aos vizinhos, que aquela surpresa (considerável) não é obra do cardeal, do cardeal sozinho, mas foi provavelmente decidida em Roma, nas reuniões secretas do Sacro Colégio, talvez pelo próprio papa.

O delegado faz um sinal a um de seus assessores e lhe pede para ir buscar os recém-chegados.

Seguido por todos os olhares, o assessor se levanta e se dirige à porta principal. Ele deve para isso percorrer toda a extensão da grande sala, o que faz pausadamente.

A curiosidade que anima a platéia é bastante intensa. Se a vinda de alguns índios à Europa não é um fato novo, nem mesmo raro, a maior parte dos monges, daqueles teólogos, protegidos pelos muros dos monastérios, nunca viu de perto uma daquelas criaturas discutíveis, sobre as quais já se criaram tantas lendas sem sentido.

— Eminência — pergunta com surpresa Las Casas enquanto o jovem monge, sob a ordem do assessor, abre a porta —, Eminência, o senhor enviou uma missão até aquelas terras?

— Sim — responde o cardeal. — Isso levou meses.

Não dirá mais que isso.

A porta está agora aberta.

Conduzidos pelo assessor, hesitantes, assustados, alguns personagens do outro mundo aparecem. Vê-se um homem que traz debaixo do braço uma espécie de bastão de madeira colorido, de oitenta centímetros de comprimento, e um outro com uma jovem mulher e uma criança de três ou quatro anos, que ela traz no braço. Esses três formam uma família.

Eles usam vestes tradicionais, plumas nos tornozelos e nos cabelos, calçados de couro e peças de tecido amarradas no ombro, e deixam ver uma parte do corpo.

O assessor leva-os até o centro da sala, onde eles se mantêm de pé. A mulher tosse baixinho. Mantém-se abraçada ao filho, protegendo-o como pode. Seu rosto é descarnado e os olhos têm escuras olheiras.

O homem que carrega o bastão de madeira olha à direita e à esquerda sorrindo, como se quisesse conquistar a simpatia dos presentes. É baixinho, tem pernas musculosas, mas sua barriga chama a atenção, sensivelmente redonda. Ele tem algo de cômico e de cansado no rosto.

Os outros dois, que formam um casal, estão sérios. Parecem não ter nenhum medo, nenhuma apreensão. Ao fim da viagem que se imagina difícil e que terminou na palha da guarita, sobre a carriola, eles parecem ter alcançado uma espécie de indiferença.

— Pedi cinco pessoas — diz o delegado —, pois queria que houvesse duas mulheres. Infelizmente, a outra morreu no navio. Que Deus acolha sua alma se o merecer.

— Amém — diz Las Casas bem baixinho, inclinando a cabeça.

O delegado mexe nas anotações e diz ainda:

— Aparentemente temos aqui um homem sozinho que, aliás, está na Espanha há alguns meses...

Ele levanta os olhos para o índio do bastão de madeira. Percebendo que estão falando dele, o homem faz uma espécie de reverência grotesca, abrindo um sorriso mais largo ainda.

— Trata-se de uma espécie de acrobata, eu creio. Ele vem de Cádiz.

O cardeal continua examinando suas anotações com a ajuda de um assessor. Levanta os olhos para o homem e a mulher do casal, que o olham também, tendo percebido imediatamente que, naquele lugar novo, toda a autoridade se concentra naquele homenzinho vestido de vermelho.

— E temos aí uma família — diz ele —, o pai, a mãe e uma criança. Um garotinho.

Ele franze a sobrancelha, faz um esforço, desiste.

— Seu nome é muito complicado, não consigo lê-lo, mas isso não tem importância. Eles vêm diretamente da cidade do México. Vamos, então, por quanto tempo desejarmos, examiná-los com olhos livres, sem julgamentos prévios. Poderemos interrogá-los e fazer algumas experiências com eles. Eu o repito: sem parcialidade. Tentaremos ver honestamente de que forma eles reagem, a fim de chegarmos à verdade.

Ele se dirige ao franciscano:

— O senhor conhece a língua deles, verdade?

— Sim, Eminência, em linhas gerais.

— Seja mais claro.

— O nahuatl é um idioma muito especial, Eminência. Utiliza sonoridades estranhas, quase musicais, que podem às vezes mudar o sentido. Não tem a mesma lógica e construção que o castelhano, ou o latim. Alguns chegam mesmo a dizer que essa língua encerra uma espécie de significação secreta, devido a...

O cardeal levanta a mão, interrompendo secamente a lição de lingüística que padre Pablo parecia querer desenvolver.

— O senhor pode compreender as coisas simples? Os atos cotidianos? As afirmações e as negações?

— Sim, Eminência.

— Coloque-se ao lado deles. O senhor será nosso intérprete.

O franciscano deixa seu lugar e vai se colocar ao lado dos índios.

Um dos monges, um dos mais velhos, levanta a mão. O cardeal lhe cede a palavra. O homem fica de pé com dificuldade, apóia-se no espaldar de sua cadeira e pergunta:

— Do ponto de vista físico e corporal, eles são exatamente semelhantes a nós?

— Eu já previa essa pergunta.

O cardeal brande um grosso maço de folhas escritas.

— Pedi a um grupo de médicos para me fazer um relatório sobre a constituição física desses índios. Não falo especificamente desses quatro aqui presentes, que foram examinados muito rapidamente, falo em geral. O relatório descreve vinte e sete índios provenientes do Peru, da Guatemala e do México. Homens e mulheres. Constato que as conclusões são precisas e idênticas. Sua constituição física é em tudo semelhante à nossa, eles têm o mesmo número de dedos do pé e de dentes, identificam as mesmas cores, os mesmos cheiros, seus cabelos e suas unhas crescem com a mesma rapidez que os nossos. Há, entretanto, uma exceção: os homens não têm barba, e quase não têm pêlos no corpo.

— Isso foi observado em nossos primeiros contatos — diz Las Casas.

— Eu sei bem — retoma o prelado —, mas mandei verificar mesmo assim. Repito que o assunto que nos ocupa é dos mais sérios.

— Eles então não têm barba? — pergunta o superior, que aparentemente não sabia disso.

— Alguns têm, mas excepcionalmente — responde Las Casas. —E é muito rala.

— Isso pode nos dar uma indicação sobre a verdadeira natureza deles? — diz um outro monge, que não se esqueceu de levantar a mão.

— Eu me perguntei isso — responde o delegado. — Mas não encontrei nada nas Escrituras que diga que um homem criado por Deus e à sua imagem deve necessariamente ter barba. Alguém se lembraria de uma frase?

Todas aquelas cabeças pálidas e calvas, que viveram mergulhadas tantos anos na poeira de seus livros, escarafuncham suas velhas memórias em busca de uma frase esquecida. Não encontram nada.

— Ninguém? — pergunta o cardeal.

Ninguém.

— A falta de barba e de pêlos no corpo não nos dá nenhuma indicação séria. Era precisamente o que eu pensava. Gostaria também de esclarecer um ponto. As mulheres deles podem engravidar de portugueses e espanhóis?

— Sim — responde Las Casas.

— Tem certeza?

— Absoluta, Eminência.

— Já houve algum caso?

— Muitos, desde os primeiros desembarques. Milhares de mulheres foram violentadas sob a ameaça de nossas armas. E isso quando tínhamos como missão levar o Evangelho até eles.

— Violentadas e fecundadas? — diz o cardeal.

— Certamente, Eminência. Muitas.

— Eu lhe faço essa pergunta porque dizem que as fêmeas de chimpanzés, na África, tinham engravidado de marinheiros portugueses. E, quando se averiguou, era mentira.

O dominicano não faz nenhuma observação sobre essa história, que o cardeal acaba de contar com ar sério. Las Casas conhece todas essas lendas. Ele sabe também — por ter sido ele mesmo vítima, em certos momentos, dessas histórias — que o conhecimento humano navega ainda ao acaso, numa bruma, que as fronteiras da realidade formam linhas imprecisas. Inúmeras, no Novo Mundo, foram as histórias, mirabolantes ou monstruosas, que se contaram sobre os acasalamentos, sobre o calor enorme das vulvas indígenas, sobre mulheres que davam à luz crocodilos, papagaios, e sobre demônios que saíam já armados dos ventres pútridos. Sempre esse triste horror da guerra, que deforma para justificar a destruição.

Histórias críveis, diga-se, mesmo para os espíritos sábios. As obras de medicina estão cheias de acasalamentos estranhos, entre animais e seres humanos. Emprega-se o termo "espécie" sem saber ainda o que ele quer dizer.

O cardeal ergue a voz, dirigindo-se aos senhores vindos das novas terras:

— Vocês aí! Respondam! As mulheres indígenas podem ser fecundadas normalmente?

— Sim, Eminência — diz Ramon levantando-se, o chapéu entre as mãos.

— Soube de algum caso?

— Sim, Eminência.

— Os filhos dessas uniões são viáveis e bem formados?

— Salvo exceção, sim, Eminência.

— Obrigado.

Ramon retorna a seu lugar.

Interrogado pelo olhar, o franciscano, padre Pablo, lhe dá também uma resposta afirmativa. Esse ponto parece resolvido.

— Podemos agora proceder aos exames do pensamento e do sentimento — diz o delegado. — Isso é aqui o mais importante.

Desde que os índios entraram na sala, Las Casas não parou de olhá-los, como se estivesse preocupado. Chega a se aproximar deles, segura o pulso da mulher e diz:

— Antes de qualquer coisa, Eminência, este homem e esta mulher estão com frio.

— Frio? Com esse calor todo?

— Sim, Eminência. As noites do fim do mês de agosto são geralmente frescas, e eles estão com roupas muito leves. Tiveram de viajar num porão úmido ou num canto do tombadilho, expostos ao vento e ao mar. Vê-se que estão esgotados. Eles vêm de um clima mais quente que o de Castela. Enfim, seus corpos, como os nossos, estão submetidos a correntes de ar, a mudanças de temperatura. Olhe para eles, estão tremendo, essa mulher está com tosse, estão doentes.

O índio com o bastão de madeira salta num pé e noutro como para se aquecer, ou para estirar as pernas. Os outros dois tremem, e a mulher tosse, sempre com o cuidado de não tossir em cima da criança, que mantém abraçada.

— É bom que saibam — diz Las Casas com tristeza — que

a maior parte dos que foram trazidos para a Europa morreu. Eles não se acostumam conosco, com nossa alimentação, nosso jeito de viver. Doenças com as quais estamos acostumados os abatem em poucos dias.

Sepúlveda levanta a mão para pedir a palavra. Las Casas se volta para ele, fala primeiro:

— Sim, professor, eu sei o que o senhor vai dizer. Que eles são mais fracos por natureza do que nós e que a mão de Deus os persegue e os fere. Eminência...

Ele pega a mulher pelo pulso e a faz dar dois ou três passos em direção ao estrado.

— Se for assim, eis aqui bem visível a obra de Deus. Uma febre enviada por Deus. Uma febre provavelmente mortal.

Um momento de silêncio, que até Sepúlveda respeita. Ele balança simplesmente a cabeça, como se aprovasse diretamente o que Las Casas acaba de dizer.

O delegado quebra o silêncio dirigindo-se a um de seus assessores:

— Tragam cobertores.

O assessor se inclina para o jovem monge da matraca, que se mantém bem perto do estrado, e lhe repete a ordem do prelado. Que tragam cobertores.

O jovem monge se levanta e sai rapidamente. Vai às pressas pelos corredores.

Las Casas, durante esse tempo, fala em voz baixa com os índios. Com algumas palavras que conhece, tenta tranqüilizá-los, tenta lhes dizer que eles nada têm a temer, que vão se aquecer e que lhes trarão comida.

O delegado lhe pergunta se ele fala o dialeto dos índios.

— Só umas cem palavras.

Palavras recolhidas ao acaso, aqui e ali. Nunca ele teve tempo de levar a sério o estudo do nahuatl, como alguns franciscanos o fazem. Nos primeiros tempos de sua instalação, como os outros, ele achava que o castelhano devia naturalmente se impor, dava pouca atenção às línguas que ouvia e todos lhe pareciam bárbaros. A única língua devia ser — era a vontade de Deus — a língua dos vencedores.

À medida que os anos passavam, ele descobria pouco a pouco que aquela linguagem, tida por primitiva e limitada, chegava a exprimir, à sua maneira, não só os objetos materiais mais raros, mais singulares, mas também a sutileza das emoções, o caminho variável dos sentimentos. Ele tentou se iniciar nela, mas já era tarde demais. Aos cinqüenta anos não podia mais desperdiçar um pedaço de tempo de sua existência. Melhor exercer seu sacerdócio com firmeza em Chiapas, cuidar do desenvolvimento do território da Verdadeira Paz, que estava em dificuldade, escrever sem parar e cansar a cabeça com os pesados tratados de teologia, em que ele pesquisava citações para enfrentar as futuras contendas.

O cardeal lhe pergunta se ele conhece pessoalmente aqueles índios. Não, ele não os conhece. Ele viveu pouco em Tenochtitlán, entre os astecas.

— De acordo com as roupas que vestem — diz o prelado —, que lugar o senhor acha que eles ocupam em sua sociedade?

— É difícil dizer, responde o dominicano. Eles não usam essas roupas nos afazeres diários. Para que viessem aqui, puseram-lhes esses trajes de gala. Normalmente eles se vestem, cada vez mais e por toda parte, como nós.

— Eles preferem nossos trajes? — pergunta Sepúlveda.

— Nada disso. Usam porque são forçados. E depois, eles sabem muito bem que é bom nos imitar. Ensinam-lhes isso, dizem-lhes ser vantajoso. Os que resistem a nos copiar, a falar, a comer e a se vestir como nós, são marginalizados. Não lhes dão nenhum trabalho. São apontados com o dedo, como animais diferentes. Viram logo alvo de chacota de todos.

Sepúlveda ergue a mão. A palavra lhe é concedida.

— No entanto — diz ele gentilmente, dirigindo-se a Las Casas —, o senhor utilizou como um argumento a favor deles essa faculdade de nos imitar. Lembre-se disso. O senhor afirmou que eles são tão aptos quanto nós para estudar o latim por exemplo, indicando claramente, por isso mesmo, que o senhor considera o estudo do latim um exercício superior do espírito.

— Sem dúvida — responde o dominicano.

— Diga-me então: Por que razão essa faculdade puramente imitativa, que todas as testemunhas reconhecem, seria um sinal de inteligência quando se trata da língua latina, e de aviltamento quando se fala de trajes?

— O senhor não pode comparar a inteligência do espírito com a fraqueza, bem compreensível, da vontade. Essas duas faculdades são distintas. É preciso que o senhor se deixe levar por um verdadeiro abuso de linguagem para fazer essa comparação! O que podemos pensar desse método, Eminência?

Diretamente interpelado, o cardeal hesita. Se, por um lado, ele entende bem — e sem dúvida aprova — a diferença levantada pelo dominicano, por outro, teme se arriscar num labirinto lógico. Se a discussão vai depressa demais, ele tende a minimizar as coisas. Precisa de tempo, ele o diz sempre. Por isso tergiversa antes de responder.

Las Casas aproveita essa pausa para voltar ao ataque, naquele mesmo terreno.

— O senhor não dizia — pergunta ele a Sepúlveda — que eles só são capazes de nos imitar manualmente, visto que são escravos natos?

— Reconheci que há exceções, os que precisamente vêm a nós, estudam latim, se convertem.

— Eles são nossos semelhantes, eu o repito, com nossas forças e nossas fraquezas, com nossos humores e nossos caprichos. A única diferença é que no começo eles nos recebiam com boa vontade, não eram devorados pelos demônios, como nossos soldados.

Voltando a si, o cardeal dirige a Las Casas uma pergunta que acha simples:

— Na sua opinião, desde que chegamos lá, eles fizeram progressos?

— Que progressos?

— Físicos e morais.

— Eles foram feridos de morte, eu repito. Não se pode falar aí em progresso. Seu império foi devastado, sua civilização aniquilada. Nosso contato foi um desastre, provavelmente único na história de todos os tempos. Um desastre físico e moral. No entanto, e eu lhe peço para me compreender, pois minhas proposições não são de forma alguma contraditórias, os que sobreviveram, os que se acostumaram à nossa presença, que escutaram nossas lições, conseguiram em pouco tempo mais progressos que nenhuma outra nação no mundo. Isso é verdade especialmente no que tange à fé. Essas ovelhas desgarradas, trazidas de volta ao rebanho, mostraram com freqüência mais entusiasmo religioso que aqueles que lhes traziam o Evangelho. Eu mesmo, muitas vezes, fui surpreendido por eles.

O cardeal escuta com grande atenção. Seus olhares vão do monge aos índios, depois retornam ao monge. De uma certa forma, ele se sente ali no centro da controvérsia. Por isso, insiste:

— Na sua opinião, senhor bispo, todos os homens são iguais?

— Sim, Eminência. No que tange à criação de sua natureza, e à parcela de divindade que aí se encontra, sim, sem dúvida alguma eles são semelhantes.

— As diferenças que vemos entre as raças, e entre os indivíduos, não seriam senão circunstanciais, acaso e má escolha do destino?

— Podemos dizer assim — responde Las Casas. — Ao que vêm se juntar o clima, as riquezas da Terra, a marcha desigual das sociedades.

— E a qualidade dos monarcas?

— Isso também. Dizem que um bom rei pode mudar seu povo. Em pouco tempo. Mas a natureza humana, Eminência, e nisso nós divergimos, essa natureza é essencialmente sociável. Pela vida comum, ela pode se educar e assim progredir em direção à luz, para uma vida melhor neste mundo, e na eterna, no outro. Ela está, podemos dizer, em potência, o que nos distingue dos animais definitivamente. Se é bem ensinada, por mestres gentis e pacientes, não há uma nação no mundo, por mais bárbara e mais desumana que pareça agora, que não seja capaz de se abrir como uma flor e de produzir em abundância o que eu chamaria de frutos de humanidade. Esses frutos são os mais belos que podemos imaginar, muito superiores ao ouro e à prata. Eles se chamam bondade, concórdia, caridade, disposição do espírito, amor ao sublime.

— E fé em Deus — acrescenta o prelado.

— Acredito que essa fé é a condição necessária. Foi por isso que eu sempre sustentei que a conquista das terras do poente devia ser feita sem as armas, só com forças da religião revelada. Uma pena! Nunca me escutaram.

— O senhor diz: todas as nações?

— Sim, eu digo e repito. Nós mesmos, todo mundo aqui o sabe, nós fomos bem piores no passado, no tempo de nossos ancestrais. E sobre toda a extensão da Europa. Vimos a irracionalidade e a algaravia dos costumes triunfar por toda parte. Vimos todos os povos, hoje cheios de poder, vivendo no vício e como animais.

— Isso ainda se vê em algumas ocasiões — diz o prelado.

Las Casas balança a cabeça. Gostou de o cardeal ter escutado atentamente o que ele tinha a declarar sobre aquele ponto. No olhar e na atitude do prelado acreditou sentir alguma simpatia — e como uma lembrança, ainda fresca, das práticas pontificais sob os Bórgia.

Roncieri se volta para Sepúlveda:

— Posso pensar, professor, que o senhor não partilha dessa opinião?

— Não posso partilhar — diz Sepúlveda. — Os povos não melhoram senão aparentemente, superficialmente, e a natureza humana é sempre a mesma. Acreditar que ela está destinada a melhorar é uma ilusão, sempre renascente. Essa ilusão permanente é em si mesma um sinal de permanência, de imutabilidade. Podemos achar generosas as idéias de meu adversário. Mas não vê-las como justas.

— Nessa natureza — pergunta ainda o delegado —, o senhor continua a ver graus, categorias?

— Com a maior clareza do mundo — diz Sepúlveda. — Eu partilho a mesma fé que meu adversário, acredito ser tão piedoso quanto ele e observo todos os meus deveres cristãos. Mas esta fé não chega a me fazer fechar os olhos. À minha volta, eu vejo o mundo como ele é.

— E eu? Como é que eu o vejo? — pergunta Las Casas.

— Como o senhor imaginaria que ele fosse.

O cardeal pede ao franciscano para se aproximar do casal de índios e se inteirar de sua identidade.

Irmão Pablo faz-lhes uma pergunta, em voz baixa, em nahuatl. O homem responde na mesma língua, bem longamente. Estabelece-se uma espécie de diálogo.

O cardeal declara à assistência:

— Se alguns desejarem examiná-los de perto, podem fazê-lo.

Alguns se levantam e se aproximam dos índios. Durante um momento, andam à volta deles, olham-nos de bem perto, tocam o tecido de suas vestes e até mesmo a pele, cheiram-nos — como se faria diante de um animal desconhecido.

Eles trocam impressões, quase sussurrando.

O franciscano responde ao cardeal:

— Eminência, ele diz ser filho de um empregado nos serviços de registro do imperador. Nos registros de estado civil, de certa forma. Seus pais morreram. Ele trabalha hoje para os espanhóis, no México. Como pedreiro.

— Ele não fala nossa língua?

— Apenas algumas palavras.

— Por quê? Não tentou aprender? Ou não quis?

— Não sei, Eminência.

— Ele ouviu falar da verdadeira fé? Crê em Deus? Pergunte-lhe.

— Ele já ouviu falar muito de nossa fé. Sem dúvida alguma.

— Pergunte-lhe. Eu quero saber a resposta.

Em voz baixa, irmão Pablo dirige-se ao índio, que lhe responde com poucas palavras — sempre observado de perto pelos outros.

Todos esperam a tradução do franciscano, que traduz depois de trocar algumas palavras com os índios:

— Ele diz que ouviu falar de Jesus Cristo. Mas se recusa a acreditar em sua divindade.

— Falaram-lhe de Cristo corretamente?

— Penso que sim.

— E ele se recusa a crer em Deus?

— Ele diz que permanece fiel aos deuses de seus antepassados. Ele os prefere.

O cardeal aponta com o dedo a serpente emplumada.

— Ele prefere essa coisa horrorosa?

— Sim, Eminência.

— Mas por que continuar nesse absurdo? Falaram a eles, explicaram, contaram os milagres?

— Com freqüência, Eminência. Chegamos a discutir com seus sacerdotes.

— Falaram-lhes da Virgem Maria?

— Claro. Sempre.

— E qual a reação deles?

— O fato de ela ter dado à luz e preservado a virgindade não lhes causa admiração. Acho que ocorreu o mesmo com uma de suas deusas, segundo contam. Mas é muito difícil explicar-lhes a operação do Espírito Santo, e como ele pôde conceber um filho dessa forma.

— Mesmo para nós é muito difícil — diz Las Casas.

— Claro — diz o cardeal —, já que se trata de um mistério. Mas chegaram a lhes falar dessa noção de mistério?

— Sim, Eminência.

— Disseram-lhes que é preciso acreditar no mistério precisamente porque é um mistério? Porque não existe nenhum meio, para o espírito humano, de penetrá-lo? E que, conseqüentemente, ele é de origem divina? Concebido e querido só por Deus? Falaram-lhes longamente dessas questões muito difíceis de entender, que, no entanto, estão no coração de nosso dogma?

— Por enquanto — responde o franciscano — eles conservam suas reticências. O mesmo acontece em relação aos outros mistérios, como o da dupla natureza de Cristo. Como ele pode ser ao mesmo tempo Deus e homem? Eles não entendem isso.

— Por fraqueza do pensamento?

— Não posso responder. Não acredito.

— E a eucaristia? A presença real de Deus numa hóstia?

— Eles a aceitam melhor, Eminência. Não chegam a ver aí um mistério.

Como se estivesse irritado, o cardeal dirige-se secamente ao superior:

— Tragam um pedaço de ferro. Um martelo grande!

O superior parece evidentemente surpreso com aquele pedido. O cardeal insiste, mostra que disse aquilo mesmo. O superior diz então algumas frases, à meia voz, ao monge que se encontra perto dele. O monge se levanta e sai.

O cardeal, todavia, não abandonou o interrogatório do franciscano. Pergunta-lhe ainda:

— Quando o senhor lhes fala, quando o senhor tenta convencê-los e eles resistem, quais são os argumentos que apresentam?

— Eles dizem: é a crença de nossos pais. Ensinaram-nos isso desde pequenos e nós sempre veneramos esses deuses. É nosso antigo jeito de viver. Não queremos que seja destruído.

— Mas ele está destruído! Eles sabem disso!

— Eles sabem, Eminência, mas querem conservar o que puderem.

— Que dizem quando alguns de seus irmãos se convertem?

— Não sei, Eminência. Devo lhes fazer essa pergunta?

— Não, não vale a pena. Não temos tempo. Mas como explicar essa estranha obstinação? Já lhes demonstraram que seus deuses não souberam protegê-los? Que a religião deles é sem pé nem cabeça e sem força diante da nossa?

— Sim, já lhes disseram. Muitas vezes.

— E o que eles respondem? Eles conseguem ver que foram vencidos?

— Sim, sem dúvida alguma a derrota os deixa confusos, eles a explicam freqüentemente por razões sobrenaturais, a famosa profecia que anuncia o retorno do maior de seus reis. Alguns nos disseram: nós os esperávamos. Mas nem todos pensam assim.

— E nossas pregações?

— Eles ficam confusos — responde o franciscano. — Em alguns pontos, como já disse, ficam perturbados, outros os deixam chocados. De qualquer forma, o que pregamos os intriga. Ficaram atônitos com nossa chegada, como contou o senhor bispo, muito mais profundamente do que nós ficamos. O que é uma prova da intervenção de Deus a nosso favor, estou certo disso. O imperador deles quis se esconder, ficou com medo, como se pressentisse alguma ação do céu. Ele enviou adivinhos e músicos, que naturalmente se mostraram fracos, que não conseguiram nos fazer resistência. Tudo isso eles não esqueceram. E, no entanto, quando nós lhes falamos, quando contamos a história sagrada e os milagres, e os mistérios, eles não se deixam convencer. O peso de seu passado é grande. Eles achavam que nada devia mudar. Isso era a base de sua crença. Daí essa grande incerteza que os conduz às vezes, é verdade, ao desespero.

Las Casas acrescenta:

— Eles dizem: a palavra dos deuses ficou confusa. Não a compreendemos mais.

— Sim — retoma o franciscano —, eles foram, antes de tudo, feridos pelo silêncio de seus deuses. Por que esse silêncio? Por que as mensagens de Tlaloc, no soar dos trovões, se tornaram incompreensíveis? Nossos ancestrais podiam lê-las. Por que nós não?

— Quem é Tlaloc? — pergunta o delegado.

— Um deus da chuva.

O dominicano, que faz um esforço para se lembrar, diz ainda, o olhar fixo sobre os índios:

— Eles se fazem outras perguntas: Virá alguém para dar a

palavra aos nossos deuses? Teremos de ficar muito tempo nesse silêncio?

— E eles morrem nessa angústia?

— Alguns, sim, se deixam morrer, porque não ouvem mais a palavra de seus deuses.

— Nada será mais como antes? — retoma Las Casas, o olhar sempre fixado nos quatro índios. — O mundo mudou de uma vez por todas? O ciclo do tempo se quebrou? Devemos desaparecer para sempre? Não deixar nenhuma lembrança?

— E mesmo assim eles não desejam mudar de deus?

O cardeal se apega a essa questão, pois, para ele, ela é decisiva. Nesse momento, na assistência, a maior parte dos espíritos está confusa. Como interpretar aquela obstinação — que não é geral — em recusar uma conversão a que tudo parece conduzir? Como um sinal de barbárie, sem nenhuma esperança de progresso possível, como explicou Sepúlveda? Ou, ao contrário, como a marca de um espírito forte e corajoso, mesmo que ele se ligue a valores falsos?

Las Casas defenderia antes a segunda tese, embora hesite, em certos momentos, buscando argumentos da educação cristã bem recebida por alguns indígenas para mostrar que eles são, em todos os pontos, nossos semelhantes. Sua argumentação, ao contrário da posição muito firme de Sepúlveda, fica bastante vaga. Seu adversário e o próprio delegado fizeram-lhe várias vezes essa observação. Las Casas, que fala com o coração, faz, na realidade, tudo o que pode. Não perde uma oportunidade. Acontece-lhe de se contradizer — o que aqui não passa despercebido.

Assim, Sepúlveda pergunta ao franciscano:

— Eles então fazem força para não ver a verdade?

E Las Casas logo intervém, antes mesmo de irmão Pablo poder responder:

— Não! Nem todos! Muitos já se converteram, foi o que eu disse, todo mundo sabe disso!

— Os relatórios que eu pedi de minha parte — diz Sepúlveda — põem em dúvida essas conversões. Trata-se em boa parte dos casos de uma atitude regida pelas circunstâncias, a fim de escapar aos trabalhos duros, de...

Las Casas o interrompe:

— De jeito nenhum! Mentira!

— O próprio irmão Pablo deixou entender isso — diz Sepúlveda, lançando um olhar para o franciscano.

— Mas acontece com esse povo o que ocorre com qualquer outro! — exclama Las Casas. — Seus pensamentos não são um pensamento, nem seus sentimentos um sentimento! Não são um bando de carneirinhos ou de insetos! São pessoas, e suas reações variam! Pudemos conhecer, evidentemente, conversões de circunstância: quando se tem notícia da dureza dos trabalhos prometidos, nós os compreendemos. Mas alguns, como eu disse, passaram naturalmente para o nosso lado! Nossos sermões os seduziram, os encantaram! Eles chegam, em certos casos, a um fervor extremo!

O franciscano balança a cabeça.

— E também há os outros — diz Las Casas — como estes. Os que preferem suas próprias tradições. Mas esse apego a suas crenças, Eminência, é bem natural. Todos os povos são assim, desde a origem do mundo. Todos os povos são apegados a seu passado. Pois foi nosso passado que nos fez como somos!

Sepúlveda levanta a mão. Tenta falar:

— Eminência, Eminência!

Ele quer falar de qualquer maneira, mas no momento a voz do dominicano encobre a sua; e o cardeal não parece ter notado essa agitação do filósofo. Ele olha e escuta apenas Las Casas, que continua com a mesma veemência:

— Eles têm curiosidade em relação a nós, eu já disse, eles nos olham como nós os olhamos, eles nos escutam, nos compreendem, muitos nos seguem voluntariamente, outros à força! Mas é preciso ver bem que eles viveram isolados durante muito tempo! Apartados de tudo!

— E então? — pergunta o delegado.

— Eles estavam certos de que só havia eles no mundo. Mas nós já tínhamos as narrativas de Marco Polo e de muitos outros. Conhecíamos a existência dos chineses e também a dos índios. E tínhamos percorrido a África! De longa data! Mas eles? Eles não tinham nenhum contato com o resto do mundo!

— O senhor não disse que Santo Tomás talvez tivesse estado lá para pregar o catecismo?

— Eu disse, mas me contradisseram, e é verdade que isso não ficou provado. Concordo nesse ponto. Se eles tiveram contato com outros povos, deve ter sido bem rápido, e ocasional. Contatos logo esquecidos, logo enterrados em sua memória. Eminência, compreenda-me, eles viviam isolados. O mundo se reduzia a seus reinos. Para eles não havia outras terras. Por isso, quando os espanhóis chegaram, acreditaram que eles vinham de um outro mundo. De um outro planeta, talvez. De uma outra dimensão do tempo, ou da matéria.

— O senhor diz — retoma o cardeal — que esse espanto não chegou a durar muito tempo.

— Em relação aos detalhes, sim, em relação aos cavalos, à pólvora. Mas no fundo do coração deles, tenho certeza, o problema continua como era no princípio. Da mesma maneira que aqui, dia após dia, nós nos perguntamos quem são eles; sem dúvida eles nos olham, não se cansam de nos observar, e se perguntam: quem são eles?

Um rápido silêncio. O cardeal digna-se enfim a observar a mão levantada de Sepúlveda.

— O senhor deseja falar?

— Por favor, Eminência.

— Pode falar.

— Eu queria dizer ao frei Bartolomeu uma coisa muito simples.

— Diga-a então.

Observou-se que o filósofo não falou mais "senhor bispo", mas "frei Bartolomeu". Seu tom se transformou. Ele está estranhamente mais calmo e quase sorridente, quase benevolente.

— Já faz algum tempo — diz ele —, tenho a impressão de que enveredamos um e outro numa discussão sem um verdadeiro objeto.

— Eu também senti isso — confessa o delegado, enquanto Las Casas fica em silêncio.

— Para clareza de todos, vou tentar resumir essa discussão em algumas frases, mais ou menos como entendi.

— Iniciativa interessante — diz o delegado. — E que pode nos fazer ganhar tempo.

Sepúlveda junta as mãos sob o queixo, pensa um momento e fala:

— Enuncio primeiramente um princípio de lógica, o qual, penso eu, devemos todos assinar embaixo.

O delegado, com um gesto, mostra que espera esse princípio. O enunciado vem em poucas palavras:

— De duas coisas, uma, somente uma.

Todos balançam a cabeça, até Las Casas. Como se opor à evidência? O lógico retoma assim:

— Ou eles são iguais a nós, Deus os criou a sua imagem e redimidos pelo sangue de seu filho, e nesse caso eles não têm por que recusar a verdade.

Ele faz uma curta pausa e retoma, tranqüilo e seguro:

— Ou então eles são de uma outra espécie.

* * *

Cai um silêncio sobre a assembléia, enquanto Las Casas ergue os ombros. Ele parece de repente muito cansado. Para que continuar o debate? Para que repetir o que ninguém ali parece querer, nem mesmo ser capaz de entender? Sepúlveda colocou, no mesmo raciocínio aparentemente lógico, má-fé e perfídia. Aquilo se parecia com os falsos silogismos que há séculos fazem a alegria das escolas. Triste e pobre lógica, pensa certamente o dominicano, que nunca pareceu tão desencorajado. Inumana lógica, que aprisiona em palavras toda uma confusão de sentimentos e pobreza de espírito.

O cardeal dirige-se ao filósofo e, como para pôr um ponto final naquilo, pergunta-lhe:

— Qual é sua opinião sincera, professor?

A resposta é quase um reflexo. Sepúlveda a exprime de forma simples e clara:

— Que eles são de uma outra categoria, nascidos para servir e serem dominados.

— E a razão de estarem desaparecendo?

— Um choque insuportável para o fraco juízo deles.

— Esse desaparecimento, o senhor acha que é vontade de Deus?

— Sim, é isso. Para aqueles que, em todo caso, tendo ouvido a verdade, persistem no erro.

— Os outros têm uma chance de salvação?

— Alguns, sim. Poucos.

— Para o senhor, as guerras que levamos a cabo contra eles eram justas?

— Justas e necessárias. Eu disse isso e escrevi.

— Do ponto de vista da filosofia, explorar o trabalho daqueles homens não é mal nenhum?

— Nenhum, pois foi vontade de Deus.

Las Casas recobra o ânimo. Recobra as forças uma vez mais:

— Mas tudo isso não passa de um jogo de linguagem! Estamos engolindo sofismas aqui! Não podemos decidir sobre a natureza dos índios com ardis de filósofo!

Com severidade desta vez, achando sem dúvida que o escutou por mais tempo que convinha, o cardeal pede que o dominicano se cale.

Faz um sinal para que o filósofo continue.

Sepúlveda, sempre calmo, dirige-se diretamente a Las Casas, como para lhe dar uma lição de boa argumentação:

— O senhor preferiu não ler minhas objeções, imagino por quê.

— Por quê?

— Para não ter que responder.

— Acha mesmo isso?

— Evidentemente. O que o incomoda sobretudo é a lógica, porque o senhor diz uma contradição atrás da outra. Repete que eles são mansos e humildes e que os espanhóis são monstros cruéis. Mas o senhor diz também que são semelhantes a nós. Então, em que acreditar? Que eles são iguais ou diferentes?

Las Casas ergue os braços e os deixa cair ao longo do corpo, mas sem responder. O outro continua:

— Sabemos que a semelhança entre as criaturas é obra de Deus. E sabemos também, como o disseram os padres da Igreja, que as diferenças que os opõem foram introduzidas por obra do demônio. Sim, é o diabo, foi Satanás que os fez tais como os vemos. Muito distantes de nós. E acrescento isto, que decorre do que acabo de falar: vemos que nunca conheceram a nossa fé, o que é um primeiro sinal claro, como eu já disse. E vemos também que hoje mesmo, depois dos anos de pregação e de catecismo paciente, com plena consciência da verdade, eles recusam conhecer e se juntar a nós. É uma prova suplementar de sua criação imperfeita, ou então da ação desviante que o diabo exerceu sobre eles. Aceito uma ou outra hipótese. De qualquer forma, eles não estão no mesmo nível de inteligência e de virtudes que nós. Tenho certeza disso. Faço ainda uma pergunta: será que para Deus tudo é possível?

Os ouvintes estão desconcertados. O que significa aquela pergunta?

— Naturalmente — diz o cardeal. — A Ele tudo é possível, pois Ele criou o possível.

— Por conseguinte, pela vontade de Cristo, aquelas pessoas seriam todas cristãs? Não seriam?

Há má-fé na pergunta. Para respondê-la — se é que é possível — só fazendo uma afirmação, assim mesmo dando-lhe uma coloração de heresia. Foi por isso que o cardeal — imitado pelos outros — respondeu com um balançar de cabeça.

A Sepúlveda só resta concluir:

— O fato de eles rejeitarem o Evangelho é bem a prova de que eles não estão do lado do bem, como expliquei. Eles, por origem, estão colocados fora do raio da graça divina. Eles não rejeitam Cristo. É Cristo que não os quer em seu reino.

11.

Naquele momento, dois monges regressam juntos. Um, o mais jovem, traz alguns cobertores. O outro segura com as duas mãos uma daquelas barras de ferro com as quais se escavam as laterais dos troncos de uma árvore para depois derrubá-la.

Ao entrar, ele pergunta ao cardeal, mostrando a ferramenta:

— Uma barra como esta, Eminência?

— Sim, sim, está bom.

Dirigindo-se ao jovem monge, o prelado acrescenta:

— Vamos, cubra-os.

O jovem monge se aproxima e cobre os ombros dos índios com os cobertores. O que está com o bastão de madeira — o acrobata — agradece sorrindo. Aprova freqüentemente quando uns e outros falam, mesmo que não compreenda o que dizem. E sempre fica pulando num pé e noutro.

O outro índio ajuda sua mulher a pôr o cobertor em torno dos ombros e também a proteger a criança. Gestos muito simples, muito comuns, acompanhados por algumas palavras em voz baixa. Em alguns momentos, a mulher treme.

O jovem monge fica em pé ao lado deles.

O cardeal volta a se dirigir ao monge mais velho — e mais gordo —, que segura a pesada barra de ferro, e lhe diz:

— Aproxime-se. Bata no ídolo e vamos ver as reações deles.

Enquanto o monge caminha segurando a barra com as duas mãos, faz-se um grande silêncio e todos observam atentamente os índios. O verdadeiro momento da prova chegou, todos sentem isso.

— Vamos, bata.

— Em que parte, Eminência?

— Em qualquer uma. Vamos.

O monge levanta a barra, mas parece ainda hesitante, o que irrita o prelado.

—Vamos, bata! Que está esperando? Está com medo?

— É apenas um ídolo — diz o filósofo.

E Las Casas acrescenta, não sem um visível amargor:

— Bata, eles estão acostumados a isso.

O monge ergue com as duas mãos a barra de ferro até a altura da cabeça e bate. Quebra uma parte da escultura. Pedaços de pedra caem pelo chão.

Os índios estremecem um pouco. O marido passou um dos braços em torno do pescoço da mulher, que continua a tossir, como para aquecê-la.

O monge lança um olhar para o cardeal, que lhe faz sinal para bater mais.

O monge ergue a barra de ferro e bate uma segunda vez, depois uma terceira. Os golpes vibram pesadamente na grande sala. A serpente emplumada se quebra e se desfigura pouco a pouco. Está coberta de poeira.

O índio fez um movimento, como para intervir, para defender seu deus. A mulher o segurou pelo braço. Sepúlveda exclama:

— Vocês viram? Ele quis intervir!

Várias vozes o aprovam: sim, ele mostrou claramente sua idolatria obstinada. Sem dúvida alguma, como o filósofo afirmava alguns instantes antes, ele não está com Deus, está sob o poder de todas as forças cegas, é uma criatura perdida, presa do demônio.

Las Casas quer devolver o argumento:

— Ele fez um movimento — diz ele —, mas todos nós vimos que sua mulher o segurou.

Agora também várias vozes o acompanham.

— E então? O que isso prova? — pergunta o delegado.

— Eminência, isso prova muito simplesmente que eles são capazes de pensar! De pesar os prós e os contras. E isso bem rapidamente! Tão rapidamente quanto nós. Essa mulher compreendeu perfeitamente a situação e os perigos que seu marido corria. Seu reflexo não desmerece qualquer pensamento superior.

— Satanás é chamado correntemente de o Maligno — diz Sepúlveda. — Ele pode inspirar em seus discípulos todas as astúcias da hipocrisia. A raposa é astuciosa: diremos nós que sua alma é imortal e que, se for salva, terminará no paraíso?

— Mas a raposa não constrói imagens! Nem pirâmides! Não cava canais, não precisa de roupas para andar pelo mato, não paga impostos! E sua companheira não o segura pelo braço quando o macho corre o risco de se expor.

Las Casas falou com a mais viva voz. Parece que, em alguns momentos, ele vai perder a paciência, deixar toda a raiva vir à tona — o que sem dúvida o filósofo apreciaria muito, pois um adversário irascível é mais fácil de ser vencido.

— O senhor mesmo não é uma raposa? — pergunta ele a Sepúlveda. — Uma raposa filósofa que se alimenta das palavras de Aristóteles? Uma raposa que conhece grego, e que não sabe nada da vida? O senhor não tem as suas astúcias? Não é o mais astucioso de nós dois? Todo mundo aqui reconhece sua habilidade. Isso é sinal de que pertence ao Diabo?

O cardeal pega a campainha e a agita por um momento. Quando Las Casas concorda em se calar, o prelado diz que semelhantes proposições ferem a dignidade da discussão, que o argumento *ad hominem*, acrescido da insolência e da injúria, não é de forma alguma aceito.

— Nesse caso — pergunta Las Casas, menos agressivo —, não teria sido o, digamos assim, filósofo o primeiro a perder os limites? Não foi ele que comparou os seres humanos à raposa? Eminência, eu sei que me irrito facilmente, é um defeito meu e uma qualidade. Aceito sua observação desde que seja feita também ao professor, pois incorremos no mesmo erro.

— Não é necessariamente o mesmo erro — responde pacientemente o prelado. — O senhor diz que esses indígenas são criaturas perfeitamente humanas, do que não se tem certeza. Estamos exatamente aqui para decidir isso, devo lembrar-lhe mais uma vez?

Las Casas se cala. Talvez ache que o caminho ainda é longo e precisa reordenar suas forças. Ladrada aconselha-o a se acalmar e lhe estende um copo d'água.

O cardeal faz uma pergunta à platéia:

— Alguém deseja algum esclarecimento?

Uma mão se levanta, uma voz indaga:

— Eles são sensíveis à dor?

Las Casas repõe rapidamente o copo d'água e se volta para o monge que acaba de falar.

— À dor? O senhor não vai querer experimentar? Aqui, num monastério? Sim, eles sentem dor! Posso lhe assegurar que eles sentem dor como nós. Queixam-se quando os ferimos.

— Os cães e os cavalos também — diz Sepúlveda.

— De novo! Mas quando o senhor vai parar de considerá-los animais? De colocá-los em sua estrebaria? Não está vendo que são homens?

— Uma vez mais, Eminência — diz então Sepúlveda —, meus argumentos são deformados pelo meu adversário. Velha tática de discussão já denunciada por Cícero, e que eu lamento com toda a minha alma ver de volta neste debate.

— Explique-se, então.

— Eu falei que eles eram animais? De forma alguma. Eu disse que a raposa era cheia de astúcias, e que os cães, assim como os cavalos, não gostam de apanhar. Quem pode negar isso? Em nenhum momento eu disse que esses homens e essa mulher são animais. Eu disse que são humanos, mas de uma categoria inferior. Que a natureza deles não é igual à nossa. Foi tudo o que eu disse. Apenas frisei, observando cuidadosamente todas as lições da lógica, que a astúcia e o medo das pancadas não são, nunca foram, apanágio da espécie humana. Eu queria que anotassem isso.

O cardeal concorda nesse ponto, sem nenhuma objeção.

Nesse momento, surpreendendo toda a assembléia, o conde Pittaluga, representante do rei, se levanta e diz que quer fazer uma pergunta. Antes ele parecia apático e distante, um pouco entediado, sem participar da controvérsia. Mas agora ele quer fazer uma pergunta:

— E quanto à tristeza moral? À tristeza de viver? Eles ficam tristes?

— Mas claro, eu já disse — responde de imediato Las Casas —, e nós lhes damos todas as razões para se sentirem tristes. Uma tristeza que os conduz freqüentemente às portas da morte.

— Mas eles conseguem — continua o conde — se comover diante de uma obra de arte, apreciar o mar, temer um precipício?

— Alguns conseguem — responde Las Casas. — Outros, não. São iguais a nós.

— Eles são capazes de sentir o coração palpitar diante de um dos quadros que estão nesta sala? Ou então diante de uma escultura? Não deveríamos fazer essa experiência para ver se se emocionam?

O dominicano parece exasperado. Ele vai provavelmente responder com violência, mas o cardeal se adianta:

— Conde, esse problema das obras de arte e das emoções que elas despertam já foi longamente evocado. Talvez o senhor não tenha prestado a devida atenção a isso. Não temos tempo de voltar a isso, me desculpe.

O conde Pittaluga se senta, cruza as pernas, volta a ruminar seus pensamentos.

Outras perguntas vêm daqui e dali:

— Eles sofrem por estar distantes de sua terra?

— Todo ser vivo sofre ao se afastar de sua terra — responde Sepúlveda, firme. — Até uma árvore.

Um outro monge se levanta para perguntar de seu lugar mesmo:

— Eles temem a morte?

— Toda criatura viva teme a morte — responde ainda Sepúlveda.

— Até a raposa — acrescenta Las Casas.

Agora é o próprio superior que pergunta:

— Eles têm idéia de um castigo na eternidade? Eles têm medo disso?

— Sim — responde o franciscano. — Eles têm uma espécie de inferno, em sua religião.

Las Casas acrescenta:

— Sim, eles também vivem depois da morte. E têm a noção de alma. Perfeitamente!

— Eles têm um paraíso? Como eles acham que é?

— Como uma espécie de morada dos bem-aventurados — diz o franciscano. — Para falar a verdade, sabemos muito pouco acerca desse assunto. Mas eles crêem na vida eterna.

A discussão fica de repente muito confusa. Vários outros participantes se levantam, pedem a palavra ao mesmo tempo. As perguntas se cruzam:

— Os deuses deles se manifestam na Terra? Eles oram? Lembram-se das coisas passadas? Veneram seus mortos? Amam seus deuses?

Las Casas e o franciscano tentam responder a todos, o que não é fácil. O cardeal tenta restabelecer um pouco a ordem com a campainha, pois a confusão generalizou-se. Consegue silêncio com bastante dificuldade.

O representante do rei se levantou. O cardeal chama a atenção da assistência, lhe dá a palavra, e o conde faz uma outra pergunta:

— Eles têm uma clara consciência do bem e do mal?

— Eles têm leis — responde de imediato Las Casas. — Como nós, eles sabem distinguir o permitido do proibido. E têm seus castigos, suas punições.

— Mas e em suas consciências?

— Como uma sociedade poderia criar suas leis — diz então Las Casas — e os meios para respeitá-las, se nas consciências dos habitantes o bem e o mal estivessem embaralhados? Se essa consciência fosse selvagem? Se uma faísca de humanidade não os tivesse atingido?

O representante do rei balança a cabeça várias vezes e volta a se sentar, cruzando as pernas. A resposta do dominicano parece satisfazê-lo por enquanto. Ele reflete sobre o que acaba de ouvir, e sem dúvida está interrogando sua consciência sobre a consciência dos outros. Parece mais uma vez estar com o pensamento longe dali.

O cardeal faz então um sinal aos dois cavaleiros, aos dois *encomenderos* da planície de Puebla, que desde a entrada dos índios se mantiveram discretamente à distância. Ele lhes pede que se aproximem dos índios.

Os dois homens se adiantam, enquanto os dois religiosos voltam a seus lugares bem lentamente. Diante dos dois colonos, que trazem uma espada na cintura, os índios têm um movimento de medo. Recuam dois ou três passos. Procuram com os olhos uma saída de emergência. O que está acontecendo? Eles não sabem. A mulher olha o cardeal, como para ler em seu rosto o destino que os aguarda (foram julgados sem saber, e condenados por um erro que ignoram? Teria chegado o momento da execução?), mas o rosto do cardeal parece subitamente fechado, e mesmo duro.

Ele ordena aos dois homens:

— Peguem a criança e a ameacem.

Eles param, pois parece não terem entendido bem.

— Peguem essa criança — diz-lhes o prelado elevando o tom da voz — e a ameacem como se fossem matá-la. Vamos tirar a prova.

— Prova de quê? — pergunta Las Casas.

O delegado não responde. Ele confirma a ordem com um gesto.

Os dois homens se aproximam mais, não sem hesitar, e puxam as espadas. Ao ouvirem o ruído do metal, os índios, inclusive o acrobata, parecem enlouquecer. Rodam pela sala sem saber como sair. Las Casas e o franciscano dirigem-se a eles, tentam tranqüilizá-los, acalmá-los. Irmão Pablo lhes fala até em nahuatl, mas o cardeal ordena:

— Não, não fale com eles! Não lhes diga nada! Afaste-se.

Segue-se um momento de confusão! Las Casas não consegue entender aonde o delegado quer chegar, que experiência quer fazer.

— Vamos! — repete o prelado para os dois senhores. — Façam o que eu disse! Peguem a criança e a ameacem como se fossem matá-la. Vamos!

Os dois cavaleiros se aproximam de forma incisiva da mulher, um de cada lado, e a agarram para lhe tirar a criança. Ela grita e luta com todas as forças.

O marido intervém para defendê-la. Ele é duramente repelido por um dos dois cavaleiros, que bate nele com o cabo da espada. O índio cai. Seu rosto está sangrando.

O acrobata galga os degraus do estrado. Parece ter perdido completamente a cabeça e lança gritos repetidamente, como um pássaro que procurasse fugir. A douta assembléia foi tomada por uma agitação inesperada. Alguns monges se levantam, fazem perguntas em voz alta, falam entre si. Os que são velhos e surdos não compreendem nada. O jovem monge parece querer intervir, mas como, fazendo o quê? Só Sepúlveda, em pé ao lado de sua mesa, permanece rigorosamente imóvel.

Las Casas corre até o estrado onde está o cardeal, sobe rapidamente os degraus, tenta dizer:

— Pare, eu suplico, não faça isso!

Não consegue quebrar a indiferença como que petrificada do cardeal, que reitera sua estranha ordem:

— Agarrem a criança e a ameacem!

Os dois cavaleiros lutam com a mulher, que aperta a criança em seus braços. Eles precisam de muita força para afastar aqueles braços e arrancar a criança que chora.

Ramon o arranca, enquanto o outro segura firmemente a mãe, que se debate e grita.

O homem armado que pegou a criança a coloca no chão e

ergue a espada como se fosse transpassá-la, com um gesto muito ameaçador, mantendo-a presa sob a bota. O cardeal olha para ele e parece dizer: sim, isso mesmo.

A mãe se solta, corre em direção ao filho, segura o braço do cavaleiro. Ela tenta morder-lhe a mão. O homem se defende.

Las Casas não conseguiu ficar parado. Precipita-se e agarra a criança, empurrando o homem armado, que recua e perde o equilíbrio.

O cardeal se ergue de repente, agita a campainha, recoloca-a sobre a mesa, bate o mais forte possível com as mãos e exclama:

— Acabou, agora chega! Parem tudo! Eu disse: acabou!

Ele tem muita dificuldade para se fazer ouvir, tão grande é o tumulto. Um de seus assessores desce do estrado para ir falar com os colonos, e lhes explicar tudo. Las Casas entrega a criança à mãe, que não consegue entender o que se passa, depois se dirige ao índio ferido, que se levanta com dificuldade.

— Guardem as espadas! — diz o cardeal. — Parem! Parem!

Os dois cavaleiros obedecem. Ficam à distância.

A roupa da mulher se desatou, desnudando-lhe o peito, mas ela não dá nenhuma atenção a isso. Só tem olhos para o filho recuperado, a quem abraça e acalenta. Está apoiada na estátua mutilada, como para procurar a proteção da serpente emplumada.

O cardeal se dirige então ao franciscano:

— Fale com eles agora, tranqüilize-os. Diga-lhes que foi um erro. Ou uma brincadeira. Diga o que achar melhor.

Irmão Pablo dirige-se ao índio ferido, que se pôs de pé novamente, e lhe fala em voz baixa. Talvez esteja lhe explicando que se tratava de uma espécie de brincadeira, como o cardeal sugerira. Uma brincadeira especial naquele país, naquele convento. O índio o escuta em silêncio.

Pouco a pouco, a sala volta ao normal.

Um dos assessores do cardeal se inclina para ele, fala ao seu ouvido. Mostra-lhe o peito desnudo da índia, nudez tão rara naquele ambiente.

O delegado ordena ao jovem monge:

— Cubra essa mulher. Vamos, amarre sua roupa. Ela não pode ficar assim.

O jovem monge se aproxima da índia e faz o que lhe ordenam. A princípio a mulher não entende o que ele quer. Ela, certamente, nem vira que estava com a roupa desatada. O franciscano deve se aproximar dela e tentar lhe explicar calmamente que aquele corpo nu é imoral, que constitui uma ofensa a Deus — o que a mulher continua sem entender. Ela aperta o filho contra o peito, só pensa nele.

Las Casas dirige-se ao cardeal:

— Mas por que tanto pudor, Eminência? Se ela não é uma mulher de verdade, pode muito bem ficar nua, como uma cadela ou uma vaca! Um animal nu não tem nada de perturbador! Nada que fira o olhar de Deus!

— Vamos, frei Bartolomeu, aonde o senhor quer chegar? — responde o prelado.

— Simplesmente — diz Sepúlveda — ela não compreende o que queremos dela. Nós lhe falamos no seu dialeto, mas as palavras não a atingem.

Finalmente, a mulher volta ao normal, um pouco mais tranqüila por causa das palavras do franciscano. O jovem monge vai e amarra os cordões do vestido, de forma desajeitada e com o olhar um pouco perturbado.

Os presentes, que estavam todos de pé, voltam a se sentar um a um.

Las Casas examina o rosto do índio ferido. Ele recebeu o golpe bem perto das têmporas e sangra um pouco. O dominicano diz ao jovem monge, depois de ter amarrado a roupa da índia:

— Traga água e um lenço para cuidar deste homem. Depressa!

— E traga leite para a criança! — acrescenta o prelado.

O jovem monge sai às pressas.

Na calma quase recuperada, deixando irmão Pablo se ocupar do índio ferido, Las Casas se aproxima do estrado, dirige-se ao prelado:

— Eminência, esse exame foi cruel e inútil.

— E é o senhor quem decide?

— Não posso acreditar que esse tipo de artifício seja necessário para concluir nosso debate. Eles têm o mesmo coração que nós, o senhor está vendo. Aliás, já sabia antes de começar. Essa mãe deu a vida para salvar o filho. Ela é uma mãe como as outras. Não ficou claro para o senhor?

Sepúlveda retoma então a palavra:

— Os animais também defendem seus filhotes. Sobretudo as fêmeas. É uma outra lei da natureza.

Las Casas se volta para ele e o observa. A obstinação do filósofo o espanta e o deixa momentaneamente sem voz.

— Os dois machos — acrescenta o professor — não mostraram grande bravura. Um dos dois não fez o menor gesto e não procurou fazer outra coisa senão escapar daqui.

Ele aponta para o acrobata, que parou de gritar e que, as costas curvadas, retorna assustado, sorrindo de novo, mas de forma intermitente.

— Não é filho dele — exclama Las Casas.

— Exatamente — responde Sepúlveda.

— O que o senhor quer dizer com exatamente?

— Isso mostra que eles não têm nenhuma fraternidade, nenhum laço social. Eles não conhecem nenhuma dessas atitudes solidárias que constituem a força das verdadeiras sociedades. Cada um por si, é assim que se comportam, como numa floresta virgem!

— Saia daqui — diz então Las Casas —, caminhe pelas ruas da cidade, conte o número de miseráveis que encontrar nas ruas, vá aos campos, aos asilos, aos portos, diga-me quantos mendigos, indigentes e estropiados de todas as espécies o senhor encontrará no reino mais rico do mundo, e depois volte aqui para falar das "atitudes solidárias"! O senhor se arrisca algumas vezes a sair de sua biblioteca, senhor professor? O senhor tem alguma idéia do sofrimento humano? Em toda a superfície da Terra? Onde se situa a floresta virgem? Não sabe que ela começa logo depois das portas de carvalho deste convento?

Essa intervenção produz um grande efeito. O dominicano claramente o sente. Ele está aqui em seu verdadeiro espaço. Segurando o acrobata por um braço, força-o a dar um passo e declara, apontando-o com o dedo:

— E este já está corrompido! Conheceu o vinho! Sua barriga cresceu e ficou mole! Ensinaram-lhe a mendigar, a mentir, a nos sorrir por qualquer coisa, a se curvar: o senhor está vendo, não está!

Ele volta aos outros dois, a quem o franciscano se esforça para tranqüilizar, protegendo-lhes os ombros com os cobertores caídos no chão.

— Quanto a este homem e esta mulher, que acabam de chegar à Espanha faz pouco, estão perdidos e assustados. Podem achar que estão sonhando, como os soldados de Cortés ao chegarem ao Novo Mundo. Eles não conseguem entender onde estão, nem o porquê desta reunião, nem o que nós queremos saber.

Sepúlveda pergunta então:

— O senhor acabou de dizer: eles não podem entender?

— Sim, eu disse — responde Las Casas.

— Por incapacidade? Por fraqueza de espírito?

— Mas todo espírito é fraco, senhor filósofo. Todo pensamento é limitado. O senhor mesmo, o senhor se acha capaz de entender tudo?

— De entender o inteligível, sim, sem dúvida. Pelo menos me esforço para isso desde pequeno.

Sepúlveda respondeu com um leve sorriso. Talvez se possa adivinhar em alguns momentos, em suas mãos que se crispam, numa verdadeira confusão que o anima, que ele gostaria às vezes de sair do inteligível e também poder tocar o sensível. Será que se lamenta de ser obrigado a falar sempre como um filósofo?

— E o senhor acha essa situação inteligível? — pergunta-lhe Las Casas.

— Ela me parece clara.

— Aqui, claro. Mas imagine lá longe, num lugar desconhecido, submetido a um julgamento estranho, entre sacerdotes emplumados, cujas palavras não entende. Poderia compreender o que lhe estaria acontecendo? Compreenderia que outros homens estavam decidindo se o senhor era ou não um humano?

Sepúlveda sacode os ombros e se contenta em observar que o dominicano, como de hábito, acaba de fugir da verdadeira questão.

O jovem monge reaparece, trazendo água e um pano branco. Las Casas pega o pano, molha-o e lava o sangue do rosto do índio, que se deixa cuidar por ele.

— E pensar que — acrescenta ele como se falasse sozinho — tantas vezes os espanhóis os convidaram, os acolheram com um sorriso, aceitaram seus presentes, para depois transpassá-los com a espada... Tantas vezes...

Segue-se um silêncio, que dura quase um minuto, enquanto Las Casas e o franciscano cuidam do índio ferido. Naquele silêncio passam sem dúvida algumas das imagens do horror que o dominicano tem evocado desde os primeiros dias. Homens espetados, queimados, entregues a molossos especialmente treinados...

O jovem monge volta, trazendo desta vez uma tigela de leite. Caminha depressa. Algumas gotas brancas caem no chão de mármore.

A mulher hesita, depois aceita o leite. Antes de dá-lo a beber ao filho, ela o experimenta.

Restituída a calma, o cardeal pergunta, apontando o homem do bastão de madeira:

— É um acrobata?

Um dos assessores lhe responde:

— Sim, Eminência. Tudo indica.

— Sabe fazer o quê?

— É uma espécie de malabarista, acho. Faz números com os pés.

— Bem que estamos precisando de um pouco de divertimento. O que acha?

O assessor não sabe o que responder.

O cardeal pede que afastem a serpente emplumada para abrir um pouco de espaço diante do estrado. Quatro ou cinco monges fortes deslocam a carriola.

O cardeal diz a irmão Pablo:

— Peça a esse homem que execute alguns números. Queremos apreciá-lo.

O franciscano diz alguma coisa ao índio, que parece ter compreendido logo. Ele sorri, inclina-se e estende no chão, afastando com o pé alguns cacos da estátua, o cobertor que lhe deram.

Em seguida, deita-se de costas.

Ergue as pernas no ar, coloca o bastão de madeira na planta dos pés e começa a fazer malabarismos. O bastão rola, passa de um pé a outro. O índio o projeta no ar e o acolhe de volta com os pés, sem deixar cair. Depois passa de um pé para o outro. Em alguns momentos, o faz girar com muita rapidez.

Os assistentes admiram-se de sua destreza. A maioria não conhecia aquele exercício, bastante comum entre os índios. Parece que eles relaxaram um pouco.

De seu lugar, Sepúlveda observa, mas sem elevar demais a voz:

— Eles são hábeis com os pés, igual aos macacos.

Las Casas, que ouviu essa frase, lança um olhar pouco agradável a Sepúlveda e se prepara sem dúvida para responder quando soa uma campainha. O cardeal se levanta. Está na hora do almoço.

Breve oração em voz baixa. O acrobata se levanta e dobra o cobertor olhando à sua volta. Todos os presentes rezam, de cabeça baixa. Único exercício, aparentemente, que os une.

Durante a hora que lhes é reservada para refazer as energias no refeitório, Las Casas prefere ir para sua cela e se deitar um pouco. Ladrada lhe prepara alguns legumes com azeite e vinagre, e queijo. As duas mãos sob a cabeça, os olhos quase fechados, o dominicano tenta se lembrar de tudo o que viu, de tudo o que disse. Cada um sente agora que a decisão não tardará. A qualquer momento, o cardeal pode declarar encerrada a discussão e dizer qual a sua decisão.

Por que ele convocou os índios? Por que tantos aborrecimentos, tanto dinheiro gasto? Ladrada pensa que tudo vai dar certo. O delegado trabalhou arduamente, preparou tudo com cuidado: sinal de uma consciência atenta, de uma ausência de preconceito. Sua decisão não estava tomada antecipadamente, como acontece em tantos julgamentos. À sua maneira, ele agiu bem, seriamente. Dava para acreditar nele.

Sim, talvez, pensa Las Casas, mas ele desconfia de toda aquela cena montada, daqueles personagens com plumas na cabeça e apresentados como objetos de curiosidade, daquelas experiências tão discutíveis que Sepúlveda facilmente aceitou, mostrando assim que espera tirar grande proveito delas. Sem colocar em dúvida — mas colocando — a sinceridade do cardeal (Roma sempre pregou a caridade em relação aos povos recém-descobertos mas esses povos não tiram benefício algum dessas boas intenções, é tão fácil falar, eles necessitam de leis muito precisas), Las Casas está preocupado. Falta-lhe alguma coisa, ele não sabe o quê. Deitado no calor da tarde em sua cama de madeira, ele tenta pôr ordem, se não em seus pensamentos, pelo menos em suas recordações.

O que eu disse? O que eu não disse, mas deveria ter dito? Muito freqüentemente a discussão ganhou ares de uma verdadeira batalha. Tanto de um lado quanto de outro, os generais tinham preparado seus planos, disposto seus batalhões estrategicamente. Mas na atividade forçosamente confusa do debate, pegando bruscamente por acaso uma iniciativa do adversário, uma de suas frases, a pessoa pode se lançar numa ofensiva nova, mal preparada, que leva ao fracasso, ao recuo.

O dominicano conhece esse defeito, que é o seu. Em sua cabeça, ao repousar o corpo cansado (a maior parte do tempo ele falou em pé e em movimento), ele se pergunta: Contei atrocidades suficientes? Falei o necessário de seus monumentos, de suas línguas? Mostrei com propriedade que eles são nossos semelhantes? Deveria insistir mais em suas qualidades, correndo o risco de ir de encontro mais uma vez à afirmação do filósofo, de que eles são homens, mas renegados por Deus?

Como poderia Deus renegar a mais ínfima de suas criaturas? Cristo não louvou aquele pastor que abandonou seu rebanho para ir em busca de uma só ovelha desgarrada? Eu poderia ter dito isso com mais veemência. Deus os criou, portanto os ama. E só lhe resta acolhê-los.

Mas Las Casas sabe bem o que o lógico vai lhe responder. Ele falará mais uma vez de idolatria, de almas dominadas pelo demônio, largadas à porta do céu. Mostrará com mais clareza ainda a contradição que é fácil extrair das palavras do dominicano: homens de verdade, semelhantes a nós, dotados de plena autonomia e respeitáveis; mas homens que devem ser imperativamente transformados, vestidos e alimentados como nós. A contradição do filósofo (que eles sejam aniquilados para serem levados à fé, ou seja, para mudarem de vida, têm de ser mortos) não parece incomodar ninguém. Lógica tergiversante em que o espírito se deixa seduzir, sem atentar para as fraquezas do raciocínio, desde que este lhe sirva naquele momento.

Contradições de um lado e de outro. Um corredor fechado de ambos os lados. Um beco sem saída, a não ser por uma escolha, por um recuo de posição.

E a justiça da guerra? E as máscaras disfarçadas do demônio? E aquela missão providencial que Deus teria confiado à Espanha para estabelecer para sempre o triunfo do cristianismo? Mas por que o imperador Constantino, que viu uma cruz aparecer no céu e logo se converteu, por que ele que comandava o mundo não conseguiu outrora estabelecer um império definitivo? Não tinha ele mais poderes em suas mãos que Carlos V? Onde o demônio, que sempre divide, encontrou forças necessárias para retalhar em pedaços o primeiro império cristão? E o que ele nos está preparando agora?

Las Casas relembra o prelado, revê os rostos dos monges, atentos na grande sala. Antes de tudo, pergunta-se ele, será que consegui tocá-los? Será que consegui mexer com alguma de suas emoções, com seu sangue? Porque a única forma de sair do beco é furar a parede e fazer entrar a luz. Para furar a parede, só a emoção.

Depois de todos aqueles anos passados entre as manobras da cúria romana, de toda aquela diplomacia humana posta a serviço dos interesses do Céu, de todos aqueles compromissos, daquelas meias-verdades inevitáveis, o cardeal ainda consegue se comover? No episódio da criança ameaçada de morte, depois de sua frieza no começo, ele finalmente manda buscar leite. Sinal de humanidade? Las Casas se vê reduzido a vagas hipóteses, que orientam suas futuras intervenções. Mas e se estiver enganado? E se ele se apoiar demais nessa corda sensível? Não se arrisca a perder tudo?

Ladrada lhe traz o prato de legumes e o queijo. Las Casas sai da cama, olha seu velho companheiro, que enfrentou tantos perigos a seu lado.

— Não vejo a hora de acabar tudo isso — diz ele.

— No máximo, amanhã — assegura Ladrada.

— Por que fizemos o que fizemos? Por que todos esses percalços, e essas tempestades, e essas batalhas sem fim?

— Vontade de Deus.

— Justamente isso: por que Ele quis? Por que Ele grudou os olhos da maioria dos homens com cola? Por que os envenenou com a sede do ouro e da conquista? Por que deu a alguns deles a inteligência mais fina para defender o horror total? Ele que é eterno amor e poder sem limites, por que os empurrou para o lado oposto do amor? Por que o ódio e a violência são tão fortes, tão duradouros, tão constantemente firmes em nossos corações? Ladrada, meu velho Ladrada, por que não somos como os anjos?

— Coma um pouco, o senhor precisa — diz seu amigo.

No mesmo instante, enquanto o cardeal se refaz sozinho em seus aposentos, Sepúlveda se aproximou dos dois cavaleiros, que agora circulam livremente pelo convento. Ele se informou de onde vinham e quais suas preocupações. Ele também, pego de surpresa, pela iniciativa espetacular do cardeal, procura saber algo mais dos recém-chegados, sobre os colonos e sobre os índios.

Depois de uma alimentação frugal, ele se sentou um momento à sombra bastante reconfortante do claustro. Abana-se com algumas folhas de papel que tem na mão. Diferentemente do dominicano, não espera nada de bom no momento quanto à decisão do cardeal. Como verdadeiro lógico, gosta de antecipar todas as suas partidas fracassadas. Conhece a posição oficialmente caridosa de Roma em relação aos povos em questão. Com uma ponta de dúvida, ele sabe que o papa nunca poderá voltar atrás sobre o que foi dito por Roma, por ele mesmo ou por um outro papa antes dele. Ninguém jamais analisou verdadeiramente suas objeções, ninguém defenderá seu livro. Tudo isso está claro.

Por outro lado, ele sabe que o curso das decisões autoritárias pode mudar de rumo de várias formas e que, ao afirmar sua fidelidade a este ou àquele princípio, um príncipe, e mesmo um príncipe da Igreja, pode perfeitamente lhe dar as costas. Já aconteceu algumas vezes de um princípio ser aniquilado em nome desse mesmo princípio. Os princípios estão aí para isso mesmo. Em particular, Sepúlveda fala às vezes do "suicídio dos princípios". Uma tendência bem freqüente, na sua opinião, dos princípios.

Ele sabe também que pode contar, apesar dos lances patéticos de Las Casas e da posição oficial da Santa Sé, com essa pesada tradição de imobilismo que engrossa o curso vagaroso da Igreja. É verdade que, na própria sala em que ele fala, como ele se deu conta várias vezes, a maioria dos assistentes preferiria no fundo que as coisas não mudassem, que ficassem do jeito que sempre foram, que uma parte da humanidade continuasse a dominar e a explorar como bem lhe parecesse a outra parte (a mais numerosa), em virtude da ordem antiga, de uma ordem estabelecida, da qual se pode dizer em todo caso que é natural, se não divina. Por que de repente mudar tudo? A Espanha, há mais de cinqüenta anos, se estabeleceu muito bem nas novas terras. Precisava agora convocar os colonos? Proibir-lhes isto ou aquilo? Para quê? As coisas terminarão por se acalmar, sem que, uma vez mais, alguns indivíduos mais ou menos indignados queiram jogar tudo por terra e reorganizar inutilmente o mundo.

Força secreta, que pouco se manifesta, que algumas vezes se engana sobre si mesma, mas força poderosa e coerente que Sepúlveda sabe reconhecer e que lhe tira o sono algumas vezes; força que resiste aos tempos modernos por uma espécie de inércia, a qual absorve finalmente as grandes viagens em volta da Terra, o espírito de invenção dos italianos, e que espera mesmo, sem esboçar um movimento, ver se esboroar em breve a perniciosíssima Reforma. Nesse ponto, aliás, Sepúlveda pensa, com um grande número de teólogos e de homens de Estado, que não se pode lutar eficazmente cedendo e beneficiando a quem quer que seja.

Nada daquela flexibilidade que só faz escancarar a porta para a entrada do lobo. É preciso, ao contrário, obstinação e rigor — mesmo que alguma coisa em nós o lamente —, é preciso manter a porta estreita, é preciso se agarrar às regras da tradição e mantê-las com rigor durante a tempestade. Mesmo que se percam alguns espíritos fracos, pelo menos se preservam os sólidos e sãos.

Sepúlveda ainda não disse tudo. Tem mais. Se o dominicano acha que esgotou a lista de seus argumentos, ele tem ainda alguns movimentos secretos que mostrará no momento certo. A palavra que conta é a última.

Sentado com as pernas cruzadas num banco de pedra no claustro, ele se abana tranqüilamente, com um movimento bem regular. Está sozinho.

Seu olhar vai dos trabalhadores, que descansam na curta pausa do meio-dia, aos índios acocorarados num canto, perto da guarita que os conduziu. Dois monges trouxeram comida para eles, e a mulher tenta, com certa dificuldade, dar de beber à criança com a tigela.

O africano parece estar dormindo, deitado à sombra, um velho chapéu de palha sobre os olhos.

Ouve-se lá dentro o canto de ação de graças que marca o fim das refeições.

Sepúlveda junta seus papéis e se levanta.

12.

Mal retornaram a seus lugares na sala capitular, mal entoaram a prece que roga a Deus sua presença ativa, mal o cardeal sentou-se, ajeitando as dobras de sua batina, pela porta aberta surge um dos dois assistentes do prelado — ele estava atrasado, alguns já se admiravam por não tê-lo visto ainda — e anuncia:

— Os bufões chegaram, Eminência.

A que o cardeal responde tranqüilamente:

— Ah, sim, mande-os entrar, mande-os entrar.

Ainda aí, surpresa. Os participantes se entreolham, alguns até se perguntam: bufões? Que bufões? Ouve-se o som de uma flauta. Sepúlveda, tomado de surpresa como os outros, inclina-se para trocar algumas palavras com seu assistente mais próximo; mas este balança a cabeça, não sabe de nada.

O cardeal, sentindo evidentemente aquela curiosidade, dá explicações:

— A fim de continuarmos com nossas observações, pedi para virem até aqui alguns bufões da corte. Dizem que vocês têm na Espanha os melhores animadores do mundo. É o que vamos ver.

— Mas com que intenção? — pergunta Las Casas, que parece bastante preocupado.

— É simples — responde o prelado. — Alguns asseguram que a faculdade do riso pertence apenas ao homem, que ela é de certa forma o apanágio de nossa condição. Dizem também, os espanhóis pelo menos, que quanto mais os espíritos se elevam, mais se tornam sensíveis ao burlesco, à irrisão, mais apreciam e sabem rir. Veremos se seus protegidos (é ainda ao dominicano que ele se dirige) reconhecem e apreciam, como nós, a galhofa.

— Eminência — diz Las Casas —, o senhor bem vê que eles não estão aqui para rir!

— E por que não?

— Depois daquela simulação de infanticídio desta manhã, cansados como estão, assustados...

Sepúlveda o interrompe:

— Mas o riso é espontâneo! É um reflexo natural, que não se prepara! Pode surgir a qualquer instante, mesmo na tristeza, mesmo no quarto de um defunto: eu acho a idéia excelente.

Lisonjeado, o cardeal acrescenta, como se respondesse ao dominicano:

— De qualquer forma, eles descansaram, alimentaram-se bem, o senhor vê que não estão mais com frio, estou certo de que se sentem mais seguros. Não se preocupe.

Dirigindo-se à platéia, ele ordena:

— Abram espaço, vamos!

O franciscano afasta os índios para poder criar um espaço vazio no meio da grande sala, em frente ao estrado. As mesas de Las Casas e de Sepúlveda são igualmente removidas.

O assessor se volta para a porta aberta e faz um sinal. Escuta-se agora uma música bastante estridente, bastante infantil: trombeta, flauta e um pequeno tambor.

Um estranho cortejo entra no recinto. Na frente, dois anões vestidos de rei e de rainha. O rei usa uma coroa de papelão, um manto ordinário e na mão carrega um tosco bastão. Suas sobrancelhas são bem negras e ele lança ao redor olhares desconfiados.

De braços dados com ele vem a rainha, que é um outro anão, um travestimento grosseiro, de peruca escarlate e vestes grotescas, uma flor branca e mole na mão, dois grandes seios que despencam a cada passo.

Eles são acompanhados por um terceiro anão de rosto e corpo inteiramente cobertos por um burel de monge grande demais para ele, que o faz tropeçar. O monge se esforça para segurar o manto do rei, mas o manto lhe escapa a toda hora, o que provoca os primeiros risos, assim que entram.

Risos espontâneos, como desejava Sepúlveda, risos-reflexos, logo seguidos de uma intensa perplexidade. Os monges não acreditam. Onde estão? O que está acontecendo? Eles se esquecem até mesmo de observar o comportamento dos índios. O cardeal tem que lhes chamar a atenção.

Atrás dos três anões — o rei, a rainha e o monge —, vão três homens que são os músicos-assistentes. Eles cuidam dos detalhes, do desenrolar do espetáculo, do "número". O que toca tambor é o diretor da companhia, um homem de cinqüenta anos, nariz pontudo e vermelho, que diz chamar-se dom César. É ele quem grita bem alto, da entrada:

— Abram alas para suas majestades! Abram alas para suas majestades! Abram alas para a justiça do rei! Abram alas!

O cortejo estanca no espaço liberado. Dom César, o tocador de tambor, sem parar de tocar, dirige-se num tom muito autoritário ao jovem monge:

— Vamos, rápido! Tragam os assentos de suas majestades! Onde estão os assentos de suas majestades! Vamos, rápido! Vamos, rápido! Aqui! Aqui!

O jovem monge fica um pouco atarantado, mas obedece. Com a ajuda de um monge mais velho, ele traz um banco e o coloca segundo as indicações muito autoritárias de dom César.

Os outros ainda estão sob o impacto daquela invasão. Ninguém na platéia ousa dizer uma só palavra. Nem mesmo sabem se devem se sentar ou se levantar; mas, como o cardeal continua sentado, eles o imitam.

De resto, o prelado parece extremamente interessado, como se saboreasse sua segunda surpresa com deleite, mais ainda do que a primeira.

Ele chega até a cumprimentar num aceno de cabeça — levemente sorrindo — o rei e a rainha, que se sentam no banco com solenidade exagerada, dando cotoveladas um no outro.

O monge que usa a grande batina senta-se logo atrás deles. O capuz cai-lhe sobre o rosto e o esconde inteiramente. O comprido rosário que traz na cintura é feito de contas ovais e pretas que bem poderiam ser cocô de cabra.

O flautista e o trombeteiro permanecem um pouco afastados, bem de frente para os índios, cujos rostos nada exprimem. A mãe está totalmente ocupada em acalmar a criança que chora, assustada com a trupe espalhafatosa.

O casal real está sentado. Dom César, bastante agitado, ajeita o manto. Levanta-se e toca o tambor.

Nesse momento o rei aplica um violento golpe de bastão nas mãos da rainha, que solta um grito agudo, um grito de dor.

Com seu bastão, o rei mostra à rainha que um de seus fartos seios acaba de sair do lugar. Ela não compreende. Ele a golpeia uma segunda vez. Ela grita de novo. Desta vez ela compreende e levanta o seio o mais que pode, sem discrição alguma em seus gestos.

Os primeiros risos sacodem a platéia. Se Las Casas permanece sério (foi sentar-se à sua mesa e apenas observa), o próprio cardeal não consegue reter um sorriso. Ele põe a mão na frente da boca e lança um olhar para os índios, para observá-los.

Entre os índios, se o acrobata observa os bufões com certa curiosidade, o homem e a mulher mantêm a mesma indiferença. Parece até que não vêem nem escutam nada.

De repente, o rei-palhaço exclama:

— Tragam o primeiro ladrão!

O flautista pousa seu instrumento, acorre, joga-se de joelhos na frente do casal régio; e o rei lhe pergunta, de forma terrivelmente severa e com o bastão erguido:

— O que você roubou?

— Nada, majestade.

— Estou lhe perguntando o que você roubou!

— Eu não roubei nada, majestade!

— Você deve ter roubado alguma coisa! Senão não seria um ladrão! O que você roubou?

— Nada, majestade!

E assim continua, com um revirar constante de olhos, gritos superagudos e vez por outra um golpe de bastão na rainha, cujos seios continuam a desabar, e também bastonadas nas costas do ladrão, que nega sempre, junta as mãos e pede clemência. Em alguns momentos, nas injúrias que lhe endereça, o rei enfia a palavra "escravo" ou "imprestável" e até mesmo "bárbaro".

Súbito, parando de bater, ele parece tomado por um terrível remorso de consciência e ergue-se dizendo:

— Um momentinho! Eu bati nele! É um pecado! Eu devo me confessar!

O rei faz sinal para o monge, que se aproxima tropeçando na batina, o que provoca risos. O rei se ajoelha perto dele golpeando o próprio peito e recitando bem rápido um latim bem ordinário que começa por "*mea culpa, mea culpa...*", a que o monge responde com um balbucio parecido. Todos os monges presentes na sala evidentemente reconhecem o texto, o que os diverte um pouco.

Tudo isso dura apenas alguns segundos. Absolvido, o rei se levanta novamente, volta a sentar-se ao lado da rainha e vê que esta, por inadvertência, acaba mais uma vez de deixar um seio cair. Ele lhe inflige um pequeno golpe seco de bastão. Ela grita e desta vez revida com um tapa tão vigoroso quanto violento, a ponto de colocar em perigo a coroa do rei.

Este, furioso, redobra os golpes, de modo que a rainha cai para trás perdendo a peruca. O rei exclama:

— Um momentinho! Eu a matei! É um pecado! Eu devo me confessar!

Ele se ajoelha rapidamente diante do monge, como da primeira vez, e se lança à mesma paródia de confissão, igualmente breve. A rainha apanha a peruca choramingando e a coloca de qualquer jeito. Depois ela cai de novo, inconsciente.

Convidados pela primeira vez para ir a um convento, pode-se imaginar por que os cômicos estão tão entusiasmados; e sem dúvida ensaiaram esta cena de confissão para o momento. Teria sido idéia do cardeal? Ninguém sabe, e ninguém pode imaginar até onde a situação poderia ir. A imunidade dos bufões retiraria do monastério, por um breve momento, seu caráter de edifício sagrado? Será que a jurisprudência eclesiástica já tinha enfrentado um caso como esse?

Todos os personagens que estão ali não têm as mesmas reações diante daquela cena fora do comum. Um bom número de monges, irrefletidamente, deixa-se levar pelo riso, outros parecem um pouco incomodados, como se não soubessem que atitude conviria tomar. Outros estão descontentes, contrários àquilo. Um velho monge de rosto emaciado desvia o olhar, baixa a cabeça e parece começar a rezar.

O olhar atento de Sepúlveda não desgruda dos índios, que

por sua vez não riem e assistem a tudo o que acontece com certo espanto, que tomou o lugar da indiferença. Mesmo o acrobata parece agora estupefato.

Quanto ao delegado, para quem se dirigem a todo instante os olhares de uns e outros (ele é o patrocinador da farsa), continua com seu sorriso. Seus olhos se movem continuamente, vão dos bufões para os índios e deles para o resto da platéia. Nada parece incomodá-lo. Ele observa tudo.

O ato burlesco prossegue, no mesmo tom agitado e repetitivo. Confissão terminada, prontamente absolvido pelo monge, o rei volta a seu lugar, dirige-se ao ladrão, aplica-lhe um bom golpe de bastão nos ombros e lhe pergunta uma vez mais:

— Então? O que foi que você roubou? Responda!

— Nada, majestade!

Dá um outro golpe, acompanhado da mesma pergunta, que é seguida da mesma resposta do homem ajoelhado. Os golpes de bastão se aceleram, entrecortados por "ais" de dor e por "nada, majestade".

Enquanto isso, pelas costas do rei, o monge soergue a rainha desfalecida e, tomando-a em seus braços, se lança em desvairados movimentos de fornicação. Movimentos bastante claros: impossível enganar-se.

O ladrão, que vê isso, aponta com o dedo, dizendo ao rei:

— Majestade! Majestade! A rainha, ali! A rainha!

O rei se vira no ato. Imediatamente, também, o monge pára de fornicar e seus gestos se modificam. A mão que há pouco apalpava a rainha agora serve para dar a bênção.

E assim prossegue. O rei retorna ao ladrão, que persiste em negar. Assim que o rei dá as costas, o monge retoma seu carrossel obsceno. Novamente, o ladrão o denuncia, novamente o rei se vira. Com a mesma rapidez, o gesto de fornicador se transforma em benção serena.

Na platéia alguns ainda riem e sorriem, mas podem-se ouvir murmúrios de embaraço, e mesmo de protesto. Bem se sabe que tudo é permitido aos bufões, que a coroa os protege com um zelo quase supersticioso — o que não os impede, ao cair da noite, na esquina de uma rua, de receber vez ou outra uma paulada anônima e por vezes assassina. São os nobres caluniados a se vingar, no escuro, de um escárnio público. Esses bufões, rejeitados por natureza e muitas vezes bastante talentosos, fazem um contraponto, sem dúvida necessário, à imponência da corte. Eles são, para os grandes de Espanha, como uma expiação constante. Comentam também todos os eventos do dia, até os mais ínfimos; eles escutam tudo, sabem de tudo, todo mundo gosta de vê-los para saber o que há de novo, geralmente coisas picantes. Ao pedir-lhes para se apresentarem na sala capitular, o cardeal muito provavelmente os informou do tema da controvérsia.

Até onde eles irão? O que eles sabem exatamente de Sepúlveda? De Las Casas? Mais do que um mal-estar, sente-se uma espécie de pavor tomar as estalas, uma após outra. Cada um parece se perguntar se tem, de fato, direito de rir. Seria preciso?

O cardeal, ainda que sensível aos frêmitos do escândalo (um monge violentando uma rainha carnavalesca em pleno convento!), deixa as coisas andar. Ele parece até que está se divertindo. É possível vê-lo virando-se na direção do conde Pittaluga e enviando-lhe um sorriso, como que dizendo: de fato, eles são excelentes, estamos nos divertindo bastante. E todos observam a cara um tanto oblonga do enviado do rei de Espanha, que não sabe muito bem o que pensar daquilo e escolhe um ar como que entediado.

O superior sai de seu lugar para dizer uma palavrinha ao ouvido do cardeal, certamente uma objeção, que o prelado logo afasta com a mão. Ele parece dizer: mas tudo isso não passa de tolice, não precisa se preocupar por tão pouco, ora vamos.

Enquanto o rei observa a rainha e o monge, o ladrão, num gesto rápido, rouba a coroa para colocá-la em sua própria cabeça. O rei se volta em sua direção e pergunta com insistência, e com a mesma voz estridente:

— E então? Você já encontrou o que roubou?

O ladrão continua a protestar bem alto a favor de sua inocência. Ele está usando a coroa do rei mas este não se dá conta. Ele continua batendo no homem com seu bastão, insistindo em sua pergunta sem resposta.

O ladrão continua exclamando:

— Nada, majestade! Ai! Nada, majestade! Ai!

Enquanto isso, pelas costas do rei, o falso monge retomou sua fornicação sem fim. A rainha que sofria, desfalecida, volta a si gemendo, sob os repetidos golpes que lhe são desferidos. E ela não se defende. Num dissimulado desmaio, muito grosseiramente sugerido, ela se entrega, indica até mesmo o caminho, e seus gemidos, acompanhados pelo ritmo do tambor, logo se transformam em queixas de prazer, que tomam conta da sala.

Seus gemidos excessivos fazem com que o rei se vire e veja tudo. Desta vez o monge, que segurava a rainha em seus braços, solta-a bruscamente e ela cai para trás, soltando um grande grito. Vêem-se curtas pernas bem peludas.

Na platéia, uma mistura de escândalo e breves risos, como que sufocados.

Enquanto o rei se levanta e vai, cheio de fúria, em direção ao monge — que abençoa a rainha como se ela estivesse gravemente ferida, quem sabe próxima da morte —, Las Casas exclama:

— Eminência!

Ele se levanta, aproxima-se rapidamente do cardeal. Imediatamente, tudo pára. Os bufões, por entre os quais passa o dominicano, imobilizam-se, como se congelados em seus gestos. Pára a ação, pára a música. De repente, os farsantes viram espectadores. Eles observam com curiosidade o que se passa.

— Eminência — diz claramente Las Casas —, eu lhe peço que pare essa farsa. Em respeito aos sacramentos.

— O senhor está incomodado?

— Sim, Eminência.

— No entanto, frei Bartolomeu, asseguram-me que em Castela os bufões têm todos os direitos.

— Isso vale lá na corte. Mas aqui estamos no território de Deus. Zombamos de seus santos sacramentos, deixamos que se cometam atos indignos diante de todas as imagens santas que nos rodeiam, até mesmo diante do crucificado!

— Calma, calma, não é proibido rir. O senhor evocou o horror. A farsa também faz parte da vida.

Las Casas aponta para os índios, esquecidos por dez minutos.

— Mas isso não é uma farsa! — diz. — Estamos falando de um povo que está sofrendo e morrendo! Por nossa culpa! De um povo de verdade!

— O senhor acha que me esqueci disso? Não está entendendo o meu esforço?

Julgando o momento particularmente propício (toda altercação entre o dominicano e o cardeal parece agir a seu favor), Sepúlveda, que nada manifestou durante o entreato, declara então a Las Casas:

— O que o embaraça, confesse, é que seus índios nem conseguiram sorrir!

— Mas como poderiam sorrir? De quê?

— Eles não chegaram nem a mexer os lábios! Tudo viram, tudo ouviram, sem um único sorriso!

— Mas pense! Um "ladrão": eles não entendem essa palavra! Essa paródia de costumes lhes escapa! Para rir de um gesto, ou de uma palavra, é preciso entender o sentido! Esse espetáculo lhes é totalmente estranho!

— Golpes na cabeça, cambalhotas, gestos de fornicação, tudo isso me parece universal — observa o filósofo.

— Mas eles não sabem do que estamos falando! Quando o rei diz que precisa se confessar, por exemplo, e quando recita de maneira grotesca seu *mea culpa*, como o senhor quer que eles reajam! Eles ignoram a confissão!

— Quer dizer que eles nada guardaram de seus ensinamentos?

— Como?

Las Casas parece confuso. Sepúlveda se faz mais preciso:

— De todo o catecismo, de todas as lições que ouviram de nós, nada, então, conseguiram reter? Nem mesmo sabem o que é um sacramento? A mais elementar das noções cristãs?

— Alguém já lhe disse que eles dão preferência a seus antigos costumes?

— Voltamos sempre ao mesmo ponto, o senhor já notou? Por que eles não são tocados pela verdade, como deveriam ser? Por que são tão incapazes de se voltar de forma clara para o verdadeiro? Por que continuam insensíveis à beleza de nossos mistérios?

— Mas eles não são insensíveis! Eu já lhe expliquei! E já lhe foi provado!

Las Casas está próximo da cólera — o que seu adversário certamente espera com impaciência há três dias, uma verdadeira cólera, para enfraquecer o espírito. Por ora, o dominicano ainda a controla. É possível vê-lo cerrando os punhos, pousados à frente, sobre os papéis.

— Eles são sensíveis como nós — diz —, conhecem o amor e o medo, os sentimentos mais sutis, mas para enxergá-los, para enxergá-los bem, devemos olhá-los com outros olhos que não os nossos olhos habituais. De outra forma, jamais os veremos como são.

— Como então é preciso olhá-los?

— Como um espelho em que procuraríamos nosso próprio rosto. Um rosto esquecido, distante.

— Nesse espelho — pergunta Sepúlveda —, o senhor consegue se reconhecer?

— Sempre. É como se uma mão me fosse estendida de um outro mundo, de um outro tempo. E uma voz parece me repetir, enquanto olho para eles: Eis o que você foi, eis o que você ainda poderá ser. Sim, eu me reconheço neles. Eu os vejo como outros de mim.

— Foi o que eu disse — retoma o filósofo —, eles lhe turvaram a vista e o espírito.

— Por que o senhor me repete esta frase?

— Porque ouvindo-o falar assim, em certos instantes o senhor parece querer estar no lugar deles, ser completamente igual a eles, esquecer quem é, o hábito que veste, para passar para o outro lado, para trocar de ser, para renunciar à fé verdadeira e abraçar a idolatria.

— O senhor desconfia de mim? — pergunta Las Casas, que acaba de empalidecer.

— Em certos instantes é o que me pergunto — responde o filósofo, sem procurar dissimular uma vaga ameaça na voz.

Acusação grave, a mais grave talvez, pois ela beira a heresia, essa vertigem, permanente obsessão da fé; abismo em que tantos espíritos que se acham direitos, que se acham sãos, terminaram caindo e se perdendo, às vezes por falta de escrúpulo, por uma busca por demais aguçada, por demais pessoal, por demais ardente; a heresia, monstro familiar, docemente adormecida perto da ortodoxia e que um leve abalo às vezes desperta;

sempre assustadora, perversa, inquieta, e sempre uma promessa à fogueira.

— O senhor se pergunta sobre minha fé? — pergunta o dominicano.

Sepúlveda o observa sem responder, nem com uma palavra nem com um gesto.

— O senhor pensa que Aristóteles é melhor cristão que eu? Responda-me. Em que momento eu pareci fraquejar e duvidar?

— O senhor mesmo não o vê — diz o filósofo —, mas outros que não o senhor podem sentir isso.

— Quem aqui sentiu isso?

Las Casas ergueu a voz para lançar esta última pergunta. Ele se dirige a toda a assembléia, que o observa e o escuta, mas se nega a responder-lhe. Ninguém se arrisca depois do filósofo. Terreno inseguro e escorregadio, embaixo do qual certamente alguma aranha cega e provavelmente mortal está à espreita. Imagens das execuções preparadas pela Inquisição — imagens que todos conhecem — acabam de atravessar a sala; como se fosse até possível ouvir as surdas pancadas dos tambores, as ordens dadas aos soldados, as preces, os gritos abafados pelo fogo.

Prudência geral. As imagens de horror que o dominicano evocava no início da controvérsia aconteciam em outro lugar, do outro lado do imenso mar, em países quentes, pouco conhecidos e muito provavelmente bárbaros. Mas o horror agora se aproxima e a controvérsia muda de tom. Ela já não é mais uma justa bem articulada de palavras, entrecortada por tiradas fulminantes e episódios teatrais; ela toca por vezes na realidade vizinha. Nenhuma ameaça é distante. A violência e a morte moram aqui, sob o mesmo teto dos monges. Elas são parte da família, e há muito tempo. Elas podem um dia bater à sua porta.

Assim certamente pensam, com maior ou menor clareza de espírito, todos aqueles que estão reunidos na sala capitular.

As acusações de Sepúlveda, lançadas na presença dos bufões (que podem perfeitamente compreendê-lo), tiveram o mérito de fazer passar esse vento frio. A discussão bem ordenada, bem protegida por grossas muralhas, não está separada do resto do reino. Ela se encontra bem no meio da política normal.

— Ninguém me responde? — exclama Las Casas.

Ninguém, nem mesmo o cardeal, que nesse instante parece pensativo.

— Mas o que o senhor tem diante dos olhos? — pergunta Las Casas a Sepúlveda. Ou melhor, o que o senhor tem na cabeça e no coração que o impede de vê-los? Por que me acusar cegamente, enquanto o senhor vive num quarto escuro girando feito um inseto? Acenda, pois, a luz, como disse Jesus. E se sua luz não ilumina, procure uma outra! Olhe-os à plena luz, ou seja, simples e sinceramente de uma vez por todas! Abandone essa retórica, na qual o senhor se enterra!

Levado por um acesso de raiva que não consegue mais conter, ele subitamente se precipita em direção à mesa de Sepúlveda, toma seus papéis e os lança para todos os lados.

— Liberte-se! — exclama. — Saia de seus papéis e olhe para eles. Observe-os com olhos humanos!

Sepúlveda, que é bem frágil fisicamente, tenta salvar seus documentos e afastar o dominicano — que é um homem aventureiro, acostumado a todo tipo de luta. Os dois homens chegam às vias de fato, e o que se vê é uma confusão de braços. É uma briga de verdade, pela qual ambos provavelmente esperavam havia três dias. O velho Ladrada chega em socorro. Os assistentes de Sepúlveda também se intrometem, sem ousar tocar no senhor-bispo, mas tentando proteger o mestre deles.

O cardeal desperta de seus devaneios. De pé, ele agita com força a campainha e grita:

— Frei Bartolomeu! Frei Bartolomeu!

O dominicano não o ouve, ou, se ouve, não se acalma. Ele parece decidido a jogar no chão todos os textos, todos os papéis de seu adversário. Ao mesmo tempo, não pára de falar, de gritar:

— O processo é contra quem? O assassino ou a vítima? Contra os juízes, talvez? Pergunto isso desde o início e ninguém me responde: Quem é o acusado aqui? Quem roubou, quem violentou, quem enganou? Alguém vai me dizer? Quem?

Vendo que o tumulto persiste e que a fúria incontida do dominicano não arrefece, o delegado toma a decisão de ele mesmo interferir. Tamanha briga é inadmissível aqui. Abandonando o estrado o mais rápido que pode, ele se dirige aos beligerantes ainda dizendo:

— Vamos, frei Bartolomeu! Pare! Frei Bartolomeu, eu lhe...

Desta vez, ele se esqueceu do degrau avariado, que cede a seus passos.

O cardeal afunda na pequena escada de madeira por onde pretendia descer.

A querela entre Las Casas e Sepúlveda arrefece no mesmo instante.

Todos os olhares se voltam para o infeliz prelado, a quem o superior acorre, a fim de ajudá-lo a se levantar. Um dos pés do cardeal fica preso entre as tábuas. Sua batina também está presa. Aparentemente, nada de muito grave.

Quanto aos três índios, dessa vez eles riem. O acrobata ri até mesmo de forma bastante franca — assim como os bufões, que, às gargalhadas, imitam a queda. Os dois outros índios, o homem ferido no rosto e a mulher, esboçam apenas um breve sorriso, mas que Las Casas acaba subitamente de notar.

Ele grita apontando para eles:

— Vejam! Eles riram! Desta vez eles riram!

Apontados pelo dedo do monge, e não entendendo nem sua atitude nem suas palavras, os índios logo param de rir. Talvez não devessem, eles não sabem. O homem e a mulher se entreolham, muito indecisos. O próprio acrobata está agora sério, preocupado.

Las Casas se aproxima do cardeal, que se levanta sem ter sofrido nada de grave, e lhe diz:

— Eu lhe peço desculpas, Eminência, mas desta vez eles riram bastante!

Bastante mal-humorado, o cardeal nem responde. O superior e um de seus assessores batem em sua batina, que ficou um pouco empoeirada. Ele vira as costas a Las Casas e retorna a seu lugar. Toda uma dignidade a ser resgatada, e por ora é o que importa.

Sepúlveda não admite as declarações de Las Casas. Completamente ocupado com sua defesa, ele não viu a reação dos índios. Ele não pode dizer que riram, ou que não riram. Tudo o que vê, no momento, é apenas gravidade, incerteza, temor talvez; nada de novo.

— Quem os viu rindo? — pergunta. — Quem mais?

Em meio ao silêncio geral — a platéia, que não estava preparada para tanto tumulto, fica imobilizada, inerte —, apenas o jovem monge ousa erguer a mão e responder ao filósofo:

— Sim, eu os vi, eles riram.

— O senhor tem certeza?

— Eles riram — diz também Dom César, que aqui fala como especialista, e que recebe a aprovação dos três bufões.

— Eles riram, é verdade — acrescenta o franciscano, encorajado, enquanto o jovem monge confirma sua resposta. — Riram muito rapidamente, mas riram.

— Quem mais?

Um dos assistentes de Sepúlveda, inteiramente ocupado em recolher papéis do chão de ladrilho, levanta a cabeça para responder:

— Sim, parece-me que eles riram.

O filósofo irritado lhe pede, entredentes, que se cale e logo diz, dirigindo-se a irmão Pablo:

— Faça-lhes a pergunta. Pergunte-lhes se riram.

Enquanto o cardeal volta a seu lugar em silêncio — ele tranqüiliza o superior com a cabeça: nada fraturado —, o monge franciscano se aproxima dos três índios e começa a lhes falar em nahuatl. Vê-se que ele mostra os degraus onde ocorreu o incidente. Ele tenta explicar.

Os índios não lhe dão nenhum tipo de resposta. Ele repete as perguntas, se eles se lembram de ter rido. Eles trocam entre si alguns olhares, tomados pelo mesmo receio. Qualquer afirmação, assim como qualquer negação, poderia ser perigosa, ou até mesmo fatal.

Eles já não ousam mais rir. Certamente lamentam ter rido.

Sepúlveda dá um corte seco nas inúteis perguntas do franciscano.

— Inútil interrogá-los — diz. — Nem mesmo entendem o que lhes perguntamos. O senhor está vendo.

— Eles entendem muito bem — responde Las Casas, que parece um pouco mais calmo. — Eu os conheço, eles nos entendem. Eles temem que os punamos por terem rido, essa é a verdade. Eles nos temem, a cada instante. Só esperam de nós julgamentos e castigos, sob pretextos que eles não compreendem, porque comeram um doce antes de serem levados à comunhão, porque não fizeram o sinal-da-cruz quando passavam diante de uma igreja. Por que riram, por que não? Tudo é pretexto para que sejam punidos. Nós perdemos a confiança deles. Nós lhes damos medo.

O cardeal recupera a compostura. Toca a campainha, depois, como se visse de repente os bufões, ele os aponta e dá uma ordem seca:

— Façam sair os bobos.

Dom César adianta-se, faz uma reverência como fazem os artistas, vira-se e dá um rápido toque em seu tambor. Ouve-se o som da flauta e da trombeta.

— Chega! — exclama o cardeal. — Vamos, fora! Fora!

Irritado, ele se agita em vão. Nada perturba o cortejo burlesco, que se recompõe no meio da sala. O rei e a rainha se põem um ao lado do outro, o monge se mete atrás deles enredando-se sempre na batina. Sempre tocando seus instrumentos, eles se dirigem para a porta escancaradamente aberta por onde tinham entrado. A rainha levanta mais uma vez um de seus fartos seios que cai e o rei a golpeia nos dedos com o bastão. Bobos até o fim. A rainha emitem um som agudo. O monge se choca contra um dos batentes da porta.

13.

Flauta, trombeta e tambor vão-se pelos corredores, depois pelo claustro, e desaparecem.

Assim que o silêncio retoma a sala, o cardeal pergunta se alguém deseja agora participar de uma outra experiência.

Nenhuma mão se ergue.

— Vivemos um dia bastante animado — declara o prelado —, mas é claramente necessário que ele seja concluído com tranqüilidade. Apesar de nossos antagonismos terem culminado na agressão física, o que eu não havia previsto, todos precisamos agora nos acalmar e nos recolher.

Ele mantém um breve silêncio antes de dizer ainda, não sem um sorriso:

— Quem sabe o Senhor não colocou sob meus passos esta tábua infeliz para interromper a briga de vocês.

Seu sorriso contamina outros rostos na platéia, que o refletem como inúmeros espelhos.

— Vimos até onde sábios podem chegar — acrescenta. — E isto sob o olhar dos loucos.

A tarde está particularmente pesada. O ar quente é atravessado por moscas nervosas. Lá fora, o céu se mostra sombrio. Uma tempestade anuncia-se ao longe, na direção oeste.

Os assistentes de Sepúlveda acabaram de recolher seus papéis, ajudados até pelo velho Ladrada.

Las Casas retorna a sua mesa. É a ele que o delegado se dirige:

— O tempo urge. Devo tomar uma decisão esta noite antes de regressar a Roma. Frei Bartolomeu, tente nos fazer um resumo de tudo em poucas frases. Mas atenha-se ao que lhe parecer essencial. O senhor nos contou um grande número de massacres. Por favor, não os repita.

Las Casas acena com a cabeça e vai sentar-se ao lado dos índios. É, portanto, chegado o momento da conclusão. Ele bem sabe que se trata de fazer sua última defesa, e reúne todas as suas forças. Está preocupado, pois é o primeiro a falar. Esta é a decisão do cardeal e é de mau agouro. Ele lembra que as últimas palavras serão de Sepúlveda, que, desde já, secretamente, regozija-se e se prepara.

Las Casas ataca, entretanto, com sua habitual sinceridade, com aquela energia que parece inesgotável, que é a chave de sua vida, com uma emoção que em certos momentos lhe sufoca a garganta.

— Que são homens como eu, não tenho dúvida, pois eles são meus irmãos índios e eu me reconheço neles. Este reconhecimento me basta. Não preciso de nenhuma outra arma. Costumo manejar de forma desajeitada a lógica, e não preparei nenhum golpe teatral, mas quando os vejo, quando os observo, ouço os gritos por tanto sangue derramado, e todas essas perguntas em tantos lábios: Por que me assassinam? Por que me queimam, junto com meus templos, com meus livros? Por que querem que eu desapareça? Por que transpassam meus filhos com suas lanças?

Os três índios se entreolham fixamente. Adivinhariam que Las Casas está falando deles? Difícil dizer. O franciscano lhes diz algumas palavras ao ouvido, em voz baixa. Eles não demonstram nenhuma reação.

Gotas de suor brilham na cabeça da maioria dos monges ali presentes. Alguns se enxugam com um lenço ou com a manga da batina. O próprio Las Casas transborda. Podem-se ver manchas de suor caindo sobre as partes brancas de seu hábito, mas ele nem percebe.

Ele continua:

— Sempre me respondem: Sim, talvez tenhamos, de fato, cometido algumas violências inúteis. Talvez tenhamos matado. Mas era a guerra, invadimos um país bárbaro, povoado por uma raça inferior à nossa, por escravos natos, e a prova desta barbárie é que eles sacrificavam homens a seus deuses. E é verdade. Sim, é verdade. Nenhuma testemunha, jamais, protestou contra esse fato.

Sua voz enrouquece um pouco. Ele pigarreia e bebe um gole d'água num copo que Ladrada lhe estende.

— A respeito dessa noção de sacrifício, que tal se falássemos um pouco sobre nós mesmos? Temos a Bíblia como um livro sagrado. E nela lemos que Abraão preparava-se para sacrificar seu filho a Deus. Seria porque ele pensava que Deus apreciava tal sacrifício? Ou talvez porque esse tipo de sacrifício estava em voga?

— O senhor está indo longe demais — diz o prelado.

— O que sabemos a respeito disso? A noção de sacrifício está presente em todos os cantos de nossos livros sagrados. Assim como nos livros pagãos. Lembrem-se de Ifigênia e tantos outros, e, no entanto, não vemos os gregos como bárbaros, estou certo? Vejam bem o que digo: nosso Deus, o verdadeiro Deus, se cremos na Bíblia, nem sempre repudiou que lhe sacrificassem vidas humanas! Ele mesmo nos deu seu filho em sacrifício!

Toque de campainha. O cardeal ergue a mão declarando:

— A comparação é exagerada.

— Admito. Digo apenas que chegará talvez um tempo em que sociedades mais refinadas, mais civilizadas que a nossa, acharão a Bíblia sangrenta e cruel. Dirão que os judeus daquele tempo eram uma variedade menor da espécie humana?

Desta vez ninguém o contradiz. Todos os teólogos presentes vasculham uma vez mais os recessos da memória para encontrar uma situação, um episódio, que possa contradizer a hipótese do dominicano, ou que traga uma resposta à sua pergunta. Aparentemente, nada encontram.

O dominicano dirige-se, então, unicamente ao cardeal. Para isso, aproxima-se do estrado.

— Eminência, o sacrifício dá a Deus a prova de nossa adoração. Estes homens, que a verdade ainda não havia iluminado, e que se submetiam cegamente à lei natural, ofereciam a seus falsos deuses o que tinham de mais precioso. Sua vida, seu sangue.

Sepúlveda, de um momento para cá, parece irritado, agitado — certamente porque sente que Las Casas alcança alguma vantagem. Assim, indo contra todas as regras, decide intervir:

— O argumento é falso! Ele põe em paralelo uma hipótese e um fato declarado! Ele não se sustenta!

— O que o senhor quer dizer? — pergunta o prelado.

— Os sacrifícios humanos cometidos nas Novas Índias são um fato reconhecido por todos, um fato histórico. O próprio senhor bispo o certificou! Os sacrifícios bíblicos, que, inclusive, foram interrompidos pela mão de Deus, são, ao contrário, uma hipótese que nada certifica, que nada comprova. Colocar essas duas categorias de ação em paralelo, como está sendo feito aqui, constitui uma vez mais um grave engano lógico. Eu considero, repito, este argumento inaceitável!

— Professor — declara o delegado —, cabe a mim julgar. Peço que o senhor não intervenha agora, por favor.

Ele faz um gesto para Las Casas, indicando-lhe que a palavra é novamente dele.

— Afirmo também — retoma o dominicano — que todo povo, por mais bárbaro que seja, ou que imaginemos que seja, tem o direito de se defender contra qualquer agressão armada, mesmo que ela seja conduzida por um povo civilizado, mais bem organizado, mais poderoso. Esse povo tem o direito de punir seus invasores, quando estes chegam com a intenção de dominá-lo, mais ainda quando eles vêm com as asas negras do anjo exterminador. Sempre admirei Colombo, o descobridor, que trouxe um mundo ao conhecimento dos homens. Sempre detestei e menosprezei aqueles que o seguiram, espada em punho e com olhos apenas para encontrar o brilho do ouro. Ah, que felicidade para eles quando souberam dos sacrifícios humanos! Tudo lhes era agora permitido! E, para aniquilar os costumes que nós chamamos de bárbaros, nós nos fizemos mais bárbaros ainda! Como os senhores querem que os índios compreendam?

Ele se volta na direção dos dois colonos de Puebla, na platéia, para lhes dizer:

— Vocês ensinam a eles: "Não roubarás o bem de outrem", e tomam todos os seus bens! Vocês lhes dizem: "Não deves matar teu semelhante, sob nenhum pretexto!", e para que fique bem claro, vocês os matam! Um dia talvez alguém escreva que os espanhóis são os verdadeiros bárbaros! Sim, alguns já dizem isso!

O cardeal permite-se, então, contestar:

— O senhor diz: "Matar seu semelhante". E, decerto, é um crime muito grande; mas, repito ao senhor, isto só é válido se admitirmos que eles são nossos semelhantes. Se tomarmos como ponto de partida o próprio objeto desta querela! Pois, se acreditarmos em Aristóteles...

Las Casas o interrompe. Ele recobrou toda sua veemência. Sem se questionar um só instante sobre as verdadeiras intenções do prelado — que talvez estivesse fornecendo material explosivo —, ele sai de onde está, vai postar-se ao lado da mulher índia, segura-a pelos ombros, exclama com o ímpeto de um profeta:

— Adeus, Aristóteles! O reino de Aristóteles acabou! Aristóteles é um pagão que arde nas profundezas do inferno! Hoje nós falamos em nome de Cristo. A palavra de Aristóteles não passava de um erro terrível, tirânico, infernal! Toda a filosofia cristã a condena!

Ignorando Sepúlveda, que levanta o dedo e quer intervir para defender seu grande homem, o dominicano continua:

— Em nome de qual aberração maligna, nesta discussão a pedido de Deus, podemos aceitar argumentos tirados do alforje de um pagão? Não temos suficientes pensadores cristãos? Não temos autoridades? O que dizer, antes de mais nada, da de Cristo?

Ele se afasta da índia, pega um livro sobre a mesa e o brande exclamando:

— O que lemos em cada página dos Evangelhos? Que todo homem é meu semelhante, que devo tratá-lo como gostaria que ele me tratasse e fazer-lhe o bem em vez do mal. Os espanhóis surgiram como lobos no meio dos cordeiros, mas Cristo proclamou o contrário: "Eu vos coloco como cordeiros no meio dos lobos!".

Sepúlveda tenta enfiar às pressas uma citação:

— Mas ele disse também...

O cardeal cala o filósofo num gesto e indica a Las Casas que a palavra continua sendo dele. O dominicano não duvidava. Apenas foi interrompido pelo tempo de um breve suspiro, para logo retomar:

— Podemos dizer que Cristo se enganou? Que não sabia o que dizia? Podemos dizer que Deus ignorava a presença de outros povos em outras terras? E não saberia Ele, por toda a eternidade, que um dia nós os encontraríamos? Jamais nenhum apóstolo, jamais nenhum fundador da Igreja duvidou, por um segundo sequer, de toda a ciência e de toda a bondade de Nosso Senhor. Jamais. Cristo teria derrubado Aristóteles com poucas palavras. E todos os outros gregos. E todos os outros filósofos.

O olhar que lança sobre Sepúlveda não escapa aos outros.

— Os senhores querem ouvir são Paulo? Ouvi-lo de verdade?

Ele estende a mão. Ladrada passa um papel no qual Las Casas passa rapidamente os olhos:

— Ouçam o apóstolo: "Não existe judeu nem grego, não existe escravo nem homem livre, não existe macho nem fêmea, pois vocês são todos um só em Jesus Cristo". Todos um só! Onde podemos ver, neste texto, as categorias de Aristóteles? Os estágios da humanidade?

Las Casas se aproxima do estrado e abranda a voz.

— Eminência — diz —, terminarei o mais rápido possível. Há mais de quarenta anos que falo e falarei quanto tempo mais Deus exigir de mim. Cada um de nós certamente se pergunta, aqui, a que Deus, desde seu nascimento, foi destinado. Eu me faço a mesma pergunta. Em várias ocasiões, durante minha longa e árdua vida, perguntei-me se Deus só quer de mim meu pranto e meus gemidos. Eu recordo o que me confidenciou, há muito tempo, aquele velho dominicano com quem me confessava. A única coisa que verdadeiramente aprendi, devo a ele: A verdade anda sempre só e frágil, sempre atacada por mil inimigos. A mentira, pelo contrário, possui muitos auxiliares. O livro de meu adversário, que devemos julgar aqui — não esqueçamos disto —, é um desses auxiliares da mentira. Da mesma forma que suas doze objeções. Sim, pois ele defende a idéia de uma guerra justa, de um homicídio amado por Deus! E isso, para mim, é inconcebível: não posso imaginar meu Deus feliz em ver o sangue derramar-se sobre nossa terra. É uma mentira. Mais dois pontos, Eminência.

— Três, se o senhor desejar.

— Antes, lembremos o que se costuma dizer: Que a desgraça recaia sobre aquele que, uma só vez, injuriou o nome de Deus.

— Certamente.

— Ora, o nome do Senhor, o nome de Cristo, foi amaldiçoado e blasfemado milhões de vezes por nossa causa.

Num momento de silêncio, a voz do cardeal pergunta:

— E o segundo ponto?

— Ele diz respeito à inocência e à violência, e a como a violência destrói a inocência e transforma cordeiros em lobos. Os inocentes, em todas as partes do mundo, estão, por direito divino, sob a proteção da Igreja. Ao feri-los, nós lhes ensinamos a crueldade e o egoísmo. Nós os fizemos à nossa imagem. Se eles antes já estavam prometidos ao inferno por idolatria, agora serão diretamente conduzidos pelos vícios que aprenderam conosco. Dessa forma, perpetuamos a cadeia do mal depois de muitos outros. Acrescento, Eminência, que, nos combates sem fim a que se entregam os povos, toda e qualquer violência vinda de fora não tem efeito. Ela, inclusive, possui sempre esse efeito contrário de que acabo de falar. Desperta o ódio e o conserva como uma brasa.

Ele aponta para os índios e acrescenta:

— É no coração que devemos destruir os ídolos. No coração, somente.

No silêncio que segue, todos se dão conta de que chove. As primeiras grandes gotas da tempestade fustigam as telhas e os vitrais. Vários clarões relativamente próximos se sucedem e fazem estremecer os índios, e até alguns monges. Os trovões correm por sobre os telhados da cidade. A mulher aperta a criança contra o peito.

Há uma meia hora, acenderam-se grandes velas.

O dominicano está prestes a concluir:

— Eminência, que poderia eu dizer ainda? Desejamos fazê-los todos cristãos e muitos já o são. Mas como poderiam ser ao mesmo tempo escravos e cristãos? Como convencê-los e salvá-los senão reconhecendo que eles são homens como todos nós?

O cardeal espera que passe um trovão antes de perguntar:

— O que o senhor propõe, frei Bartolomeu?

— Que nos apressemos, Eminência. É o que primeiramente proponho. Pois a cada minuto que perdemos aqui, seres humanos, inteiramente humanos, sofrem e morrem por nossa causa lá. Já tive a ocasião de dizer isso no início. Digo-o novamente.

— Mas, concretamente, o quê?

— Devemos afirmar com todas as letras que eles são nossos irmãos. Que nada nos diferencia deles. Devemos estabelecer isso como uma verdade universal, devemos até mesmo fazer disso um ponto do dogma. Devemos também precisar nossas leis e, sabendo por experiência que isso não basta, afirmo ser imediatamente preciso devolver aos índios a liberdade primitiva. Pois eles são livres por natureza, e não escravos.

— E conseqüentemente? — pergunta o delegado, sempre meticuloso.

— É preciso que os espanhóis saiam das novas terras.

A frase produz certo efeito. Vários olhos se voltam para os colonos, que permanecem imóveis.

Sepúlveda sorri. Las Casas percebe o sorriso:

— Não sorria — diz-lhe —, pois todos só temos a ganhar! Os índios, o rei e a Igreja ganharão! Sim, é de grande interesse da Igreja manter os índios vivos e convencê-los pela bondade. Sobretudo neste momento, em que um verdadeiro cisma a ameaça.

Ele acrescenta olhando para o conde Pittaluga:

— E é também para o interesse da Coroa. Eu disse ao rei, o senhor pode lhe repetir. Não confundamos algumas naus carregadas de ouro com a imagem que a Espanha carregará pela eternidade.

Ele retorna ao delegado:

— Eminência, nossa responsabilidade de hoje é imensa, e os séculos que virão serão nossos juízes impiedosos. Sim, sim, melhor seria renunciar às Índias. De outra forma, as nações européias não cessarão de condenar a Espanha, e por justa causa, por todos os nossos crimes. Para que em seguida Deus também a abandone, a amaldiçoe e a castigue duramente.

— Não — exclama Sepúlveda. — É justamente o contrário!

— Como assim, o contrário? — pergunta o cardeal, que parece estar um tanto estupefato.

— Loas serão entoadas à Espanha — responde com vigor o professor —, por ela ter livrado a Terra de uma espécie sanguinária e maldita. Por ter conduzido alguns ao verdadeiro Deus. Por ter lhes ensinado tudo o que sabemos. E, acima de tudo, os esforços por termos revelado a verdade serão reconhecidos! Digo em meu livro e o repito: nosso encontro aqui, nossa discussão não tem outro exemplo na história das nações. Ela será a glória da Espanha! E por muito tempo!

— O senhor acha mesmo isso? — pergunta o superior.

— Sim, eu acredito. Acredito piamente.

— Que Deus o ouça.

— Sei que Ele me ouve.

O cardeal olha para o filósofo, que se levantou para falar. Sepúlveda acredita ter chegado o momento de apresentar suas conclusões. Ele pergunta:

— Devo falar agora?

— Se assim o deseja — diz o cardeal. — Pode falar que o ouviremos com tranqüilidade. Quem sabe o senhor não prefere esperar que a tempestade se acalme?

— A tempestade não me incomoda.

— Pois bem, fale.

Ele também, antes que a controvérsia se conclua, recolhe-se por um instante e até mesmo fecha os olhos. Parece estar ouvindo os pingos batendo com força nos vitrais, enquanto os raios e os trovões vão arrefecendo. Uma rápida tempestade de verão, que se abate e logo termina. Os camponeses dizem que, numa tempestade assim, a terra nem tem tempo de beber nada.

Sepúlveda reabre os olhos e começa num tom tranqüilo:

— Admito que os problemas que nos agitaram vão muito além da autorização que pedi, e continuo pedindo, para publicar meu livro. Trata-se apenas de um objeto de papel, fadado ao esquecimento; a menos que ele seja, como certos livros privilegiados, uma dessas pedras angulares que atravessam os séculos incólumes. Difícil saber. Não discuto mais isso. Digo, para falar dos fatos de agora, que a questão não é abandonar as Índias. Sabemos tratar-se de um sonho e que continuaremos lá para sempre. As coisas são assim. Nenhum movimento da história é escrito na contramão do tempo. Já são muitos os homens que escolheram aquele Novo Mundo. Outros para lá se dirigem a cada dia, e não somente da Espanha. Ninguém vai expulsá-los de lá. Não tenhamos essa ilusão. A verdadeira questão é a única posta a todo filósofo: o que devemos e o que podemos fazer?

Os que o conhecem, na sala, se indagam se ele não tem algum argumento inesperado que não está em suas objeções escritas e publicamente apresentadas. O próprio Las Casas teme uma manobra de última hora. Ele conhece a habilidade do homem, e, sobretudo, seu orgulho. Para não perder, pelo que se diz, ele seria capaz até de negar sua convicção mais pessoal. Que subterfúgio seu espírito manteve escondido?

— O que devemos fazer? Frei Bartolomeu, o senhor mesmo o disse. Devemos fazê-los cristãos. Fora disso, nenhum bem nesta vida, nenhuma salvação na outra.

A maioria dos assistentes concorda com a cabeça. Las Casas nada tem a objetar.

— Como convertê-los? — retoma o filósofo. — Em quanto tempo? A que preço? É a segunda parte da questão, e neste ponto, frei Bartolomeu, nós discordamos.

Ele faz mais uma breve pausa, para frisar bem as sensatas articulações de seu discurso. Versado na arte da retórica, ele sabe o quanto vale um discurso harmonicamente organizado, ele aprecia, cultiva os encadeamentos impecáveis, que não podem deixar a menor das dúvidas no espírito dos que o escutam. Ele gosta de dizer que uma bela argumentação é uma luz que avança por um caminho que se julgava perigoso, e que de repente se torna fácil, sem arestas, sem sombras; um caminho em que o viajante seguro, bem conduzido, não sente em nenhum instante o desejo de olhar para os lados, ou para trás.

E prossegue assim:

— O senhor disse para concluir: cristãos e escravos, não. Isso lhe parece impossível, pois os termos se rejeitam mutuamente. Pergunto, então: cristãos ou escravos? A questão não é essa, o senhor me dirá, já que eles não querem, com poucas exceções, se tornar cristãos. Eu também não acho digno esse negócio de escravidão, e neste ponto estamos de pleno acordo. Mas o que fazer com os que não querem ser cristãos, e que o senhor não quer que sejam escravos? Não sou eu quem vou lhe responder. Recorro a são Lucas, ele que transcreveu a palavra de Cristo. Ora, eis o que nos diz o evangelista: *Compelle eos intrare!* Forçai-os a entrar. Todo mundo conhece essa frase.

A maioria das cabeças diz sim.

— Como então forçá-los a entrar? — retoma o filósofo, levantando pouco a pouco a voz. — Vejo apenas uma solução sensata, que dê conta da realidade e que satisfaça a lógica. Esta solução é precisamente, frei Bartolomeu, aquela que lhe parecia impossível. Ela consiste, justamente, em deixá-los escravos enquanto se tenta fazê-los cristãos, pelo menos durante um tempo, à espera de uma conversão geral. Ela consiste também em dizer, como já é na prática: quem se torna cristão sincero deixa *ipso facto* de ser escravo. Pois é isso o que nos importa, o que constitui nosso dever maior.

— Eminência — exclama Las Casas —, e se eles persistem na recusa da fé? Continuariam escravos para sempre?

— Se eles persistem — responde prontamente o filósofo —, a sorte deles estará nas mãos de Deus. Não dependerá mais dos homens, que terão feito tudo o que lhes foi possível fazer. Eu disse, Deus já manifestou seu sentimento, enfraquecendo-os diante de nós, dispersando-os, destruindo-os de mil maneiras. Deixemo-lo prosseguir sua obra.

— Por quanto tempo mais? — pergunta o cardeal.

— Não podemos fixar um limite no tempo para Deus. Pois ele escapa ao tempo, este é seu primeiro privilégio. Ele não opera segundo nossos critérios e sempre sabe o que faz. Ele acolhe os que o escolhem e elimina os demais. Operemos com ele. Abramos os braços aos novos cristãos, se seus sentimentos forem sinceros. E apressemos o desaparecimento dos outros, largando-os à escravidão em que Deus os colocou.

Ele se dirige a Las Casas:

— Cristãos uns, escravos outros. A escolha é deles.

O dominicano quer intervir, mas o delegado não lhe faculta a palavra. Pelo contrário: manda Sepúlveda prosseguir. Ele parece subitamente bem interessado. A chuva, que refrescou o ar, diminui. Na sala capitular, os monges guardaram seus lenços. Todos pressentem o ápice — minuciosamente calculado — de um momento decisivo.

Sepúlveda retoma a palavra:

— A conquista provou — como se preciso fosse — a validade da fé cristã. Sobram, é claro, os muçulmanos, que fizeram o mal reinar sobre um vasto império durante séculos, mas que agora estão bastante enfraquecidos. O fim aproxima-se para eles, tudo indica. A Terra está às vésperas de uma era de intensa luz.

Ele se dirige desta vez ao franciscano, de modo bastante afirmativo:

— Retomo o que o senhor dizia, irmão Pablo. Sim, também sou daqueles que crêem que o reino da verdadeira fé está próximo. Acredito que ele logo vai se instalar no coração de todos os homens. E que durará mil anos!

Ele aponta então para os índios e pergunta a Las Casas:

— E o senhor gostaria de deixá-los de fora?

Ninguém se mexe, ninguém fala. A seqüência é ansiosamente esperada.

— O senhor aceitaria que gerações e gerações de escravos se sucedam, refratárias à verdadeira fé, e por isso mesmo condenadas a uma dupla vida de sofrimento, uma passageira, na Terra, outra eterna, no inferno? Aquele período de transição sobre o qual eu falava, não sabemos nós que ele deve ser o mais curto possível, mesmo que nos pareça difícil? Compreendemos bem a palavra de Lucas? Forçai-os a entrar! A entrar na verdade, a entrar no reino e no paraíso de Cristo, porque eles são fracos demais para fazer a própria escolha! Tudo o que tenho a defender resume-se a isso!

O tom subiu, sua voz tomou conta da sala. Ele pergunta então, encaixando esta interrogação entre duas pausas para sublinhar sua importância:

— Qual é o bem supremo?

A resposta, como já é de esperar, ele mesmo vai dar; o que faz dirigindo-se ao dominicano:

— O senhor fala de são Paulo, eu respondo com santo Agostinho. O bem supremo é a salvação da alma: "A perda de uma alma não batizada", disse santo Agostinho, "é uma desgraça maior do que a morte de inúmeras vítimas, mesmo inocentes".

Ele não recorreu a nenhuma anotação para pronunciar esta famosa frase, para evocar, diante do apóstolo Paulo, a experiente palavra do mais célebre dos pensadores cristãos do passado, aquele que não hesitou em mandar milhares de heréticos à fogueira, para salvar, a despeito deles, suas almas obstinadas em perseverar no erro. Todos os ouvintes, aqui, conheceram o suplício dos donatistas, por exemplo; e todos o aprovaram, para a suprema glória de Deus.

Sepúlveda, por sua vez, aponta para os índios, e até caminha em direção a eles, como Las Casas.

Ele então declara com um tom bem grave:

— Eis o motivo por que tanto queremos convertê-los. Por todos os meios de que dispomos. Porque sem isso a alma deles está perdida. E nada, neste ou no outro mundo, é mais precioso do que a alma. Todos os textos dos pais da Igreja o afirmam: todos aqueles, sejam eles quem forem, maometanos ou judeus, ou budistas, ou selvagens, que não forem batizados, todos, sem exceção, serão lançados no fogo eterno onde arderão sem jamais se destruir! Será que li bem os textos ou estaria falando bobagem?

— O senhor leu bem — diz o cardeal.

— Eis por que os verdadeiros cristãos se apressam, por que fazem tanto esforço para levar às novas terras a palavra da verdade.

Ele se aproxima mais ainda dos índios, mostra-os, quase tocando neles:

— Para salvá-los! Para salvar-lhes a alma! Para dar-lhes a possibilidade de assegurar a salvação eterna! Pois não são seus corpos, não é a matéria provisória que importa a Deus. Se devemos nos apressar — quanto a este ponto estamos de acordo frei Bartolomeu e eu —, é para salvar seu quinhão de eternidade. Repito: para salvar-lhes a alma.

De modo bastante inusitado, é o franciscano quem levanta a mão no meio do silêncio e quem pergunta, antes mesmo de ser autorizado:

— O senhor, portanto, admite que eles têm alma?

Sepúlveda não parece nem um pouco desconcertado, nem incomodado com essa pergunta, que o persegue uma vez mais. Ele parece até mesmo gostar de que ela lhe seja feita nesses termos.

— Desejo ser bem compreendido.

Tudo indica, por sua atitude, que ele chega enfim à sua conclusão.

— Afirmei e continuo afirmando que eles não têm uma alma como a nossa, da mesma qualidade, ainda faltaria muito para isso, e que nós não temos a mínima razão para tratá-los em pé de igualdade. Dei para isso inúmeros argumentos. Alguns certamente foram entendidos. Não os repetirei mais.

O cardeal faz um gesto para ele: não adianta voltar ao que já disse.

— Todavia — diz Sepúlveda —, já que a razão pede, e até mesmo exige, que todas as possibilidades sejam contempladas, aceito em concordar com o contrário de minha certeza, e sou aqui o único a fazê-lo (nesse instante, ele lança um olhar para Las Casas). Admito que posso me enganar e caminhar, involuntariamente, no erro. Sim, admito. Pois bem, caso eu me engane, o que acho possível, caso Aristóteles se engane, se eles são a nossa imagem e semelhança, se a alma deles é idêntica à nossa, então afirmo que ela é a pérola mais preciosa da criação, que devemos salvá-la custe o que custar!

Ele avança lentamente para pronunciar as últimas frases. E o faz com muita força, com muita persuasão, exibindo uma autoridade ameaçadora:

— Faço minha derradeira pergunta, e ela vale para todos. Trata-se, parece-me, de nossa pergunta fundamental. O que vale mais, uma vida terrena sem glória, vivida no erro e no pecado, seguida de uma eternidade de sofrimentos? Ou uma vida mais curta, mais difícil talvez e mais cedo tocada pela morte, mas seguida de uma eternidade de luz junto ao verdadeiro Deus vencedor?

Ele faz uma última pausa, antes de concluir:

— Existe alguém aqui que não conheça a resposta exata?

14.

Para concluir, o filósofo bateu sem piedade. Ele sabe disso. Essa arma de última hora — o reconhecimento da possibilidade de se enganar —, longe de o enfraquecer, permite-lhe fechar com segurança seu discurso. Ele não tem do que se recriminar. Seus dois argumentos se encaixam à perfeição. Se o cardeal preferiu não acompanhá-lo, ele deverá ultrapassar a lógica, ou esquecê-la, em favor do sentimento, por exemplo, ou de uma razão circunstancial. Sepúlveda acaba de marcar o ponto da vitória, no campo da discussão pura, da controvérsia propriamente dita, ao guardar para o final seu irrefutável dilema — pois ele não tem, ele não pode ter a menor dúvida sobre a fé de todos os que o cercam e que, conseqüentemente, colocarão sempre como ponto culminante a salvação da alma.

Ele se cala e volta a seu lugar.

O delegado pergunta:

— O senhor acabou?

— Sim, Eminência.

Roncieri dirige-se então à platéia:

— Quem ainda quer falar? O senhor talvez?

Ele se voltou para o padre superior, que pensa alguns segundos antes de responder que tudo, agora, lhe parece claro. Mesmo examinando minuciosamente, ele não vê o que poderia ser acrescentado, ou dito com mais precisão.

— Conde Pittaluga?

O conde balança a cabeça. Nada.

— Ninguém mais? — pergunta o cardeal elevando a voz.

Naquele momento, um dos dois cavaleiros, Ramon, levanta a mão direita e pergunta:

— Eu posso falar alguma coisa?

— Mas claro. Por favor, aqui na frente.

O homem deixa seu lugar e vai até o centro da sala, sem olhar para os índios. Sua atitude é contraditória. De um lado, sem dúvida pouco habituado a falar em público, sobretudo diante daquele tipo de público, ele mostra com seus gestos uma submissão aparente, quase timidez. Ao mesmo tempo, sua maneira especial de se levantar e de caminhar mostra um corpo exercitado, seguro de si, quase arrogante entre aqueles monges desengonçados.

Ele inclina a cabeça diante do delegado:

— Eu não falo muito bem. Não aprendi. Mas o que tenho a dizer todo mundo deve entender.

— Pode falar.

— Viemos, meu amigo e eu, enviados por todos nossos amigos para falar de nosso estabelecimento naquelas terras, falar de nossa vida... De todos os problemas que temos... Temos de trabalhar com eles, não há escolha...

Ele faz um gesto rápido e de desprezo na direção dos índios, sem os olhar.

— Mas eles são sujos e preguiçosos, roubam, não têm palavra...

Las Casas retoma vivamente a palavra para lhe perguntar:

— E por que eles deviam se esfalfar por vocês? Por que deviam estar à sua disposição?

— Frei Bartolomeu — diz o cardeal —, o senhor falou bastante. Ouça agora os outros.

Ele faz um sinal para o cavaleiro, que retoma a palavra com mais firmeza:

— É preciso, de toda forma, saber de uma coisa. Se devemos lhes pagar, tratá-los como cristãos, segundo as leis, nos ocupar deles e de suas famílias, isso vai custar muito dinheiro... Muito... Aqui não é o lugar para falar de dinheiro, mas...

O delegado lhe faz sinal para continuar, como para dizer: pode falar de dinheiro. O homem continua:

— Esse dinheiro vai ter de ser tirado das rendas da Coroa e também da Igreja... Não tenho dúvida. Não dá para ser de outro jeito... Eu tinha de dizer isso...

Alguns dos presentes se remexem em suas cadeiras. Alguns falam em voz baixa.

— Em que proporções? — pergunta gentilmente o prelado.

— Oh, em proporções enormes. É todo o sistema que terão de mudar. Se quiserem manter a administração, o exército e também os conventos, terão de mandar dinheiro para lá em vez de receber. Não é?

Ele se dirigiu ao outro cavaleiro, que está de pé alguns passos atrás dele e que responde:

— É isso mesmo. Muito dinheiro.

— Tudo foi calculado, desde o começo, de uma certa forma, retoma o homem. Nos deram terras e homens para trabalhar, nos deixando uma parte do lucro. Fizemos um contrato. De nossa parte, podemos pagar impostos, e mesmo fazer doações. Aos conventos, principalmente. Agora, se todo o sistema for mudado...

Ele não conclui a frase, mas seu sentido fica muito claro.

O cardeal fica observando durante alguns instantes as mãos enluvadas sobre a mesa, uma delas com o anel. Depois, levanta a cabeça e pergunta ao homem:

— O senhor que os conhece bem, diga-me, o senhor acha que eles têm uma alma como a nossa?

— Alma, não sei — responde o colono —, não posso dizer. O que sei é que os meus se recusam a acreditar nos milagres de Cristo. Por mais que lutemos, eles voltam a seus ídolos. Eles os escondem, os enterram nos campos. Quando eu lhes falo dos milagres, eles me respondem: "Então faça você agora!". Como não posso, naturalmente, fazê-los, eles evitam a igreja, continuam a se encontrar entre si para rezar, fingem acreditar nos sacramentos. Sim, eles fingem, porque com freqüência eles são dissimulados, e nos bajulam. E depois não têm o menor reconhecimento por tudo o que nós lhes ensinamos.

— O que vocês ensinaram? — exclama Las Casas. — Ensinaram o quê? A tortura? A varíola?

Uma vez mais o prelado pede que o dominicano se cale, que não atrapalhe o interrogado.

Este responde tranqüilamente que ninguém ensinou a tortura a eles. Eles já a conheciam, diz ele. E acrescenta:

— Nós lhes demos ferramentas, livros, roupas... Mostramos como funciona uma arma de fogo... Como lutar com uma espada, como cozinhar à espanhola, como plantar vinha, oliveiras... E mesmo antes eles não podiam decidir como quisessem, eram escravos, nós que os libertamos... Mas não estavam habituados a essa liberdade, não sabem como viver livres, abusam desse estado...

— Por exemplo?

— Eles não querem trabalhar, acreditam que têm o direito de ficar sem fazer nada... Acham que liberdade é isso... Ficam deitados na rede conversando durante longas horas à toa... Ou então fogem, se escondem para fugir do trabalho...

Las Casas não consegue ficar calado, como lhe foi pedido. E exclama:

— Mas quantas vezes deveremos escutar esse rosário de idéias feitas? Esse discurso é uma máscara, sempre o mesmo, com que encobrem a realidade! Seu fundamento é que nós somos, sem sombra de dúvida, superiores. Os índios não têm nada a ver com a gente, suas concepções são outras, mesmo a forma de viver, recusam-se a nos imitar, ou para ser mais preciso, recusam-se a nos obedecer, por isso são inferiores! É porque eles se recusam a se submeter que temos o direito de submetê-los! É essa, definitivamente, a beleza de sua lógica!

Ele se dirigiu naturalmente a Sepúlveda. Mas o filósofo não se mexe. Parece não ter mais nada a dizer, nenhuma vontade de responder. O cardeal, que deixou o dominicano falar, faz um sinal ao colono.

Este diz, mostrando rapidamente os índios, mas evitando sempre encará-los:

— E também eles são frágeis fisicamente, o que não é bom para o trabalho. Morrem de doenças tolas e a população está diminuindo. Cada vez mais fica difícil encontrar alguns deles! Têm poucos filhos, envelhecem cedo. Não sabemos mais o que fazer. Se, além de tudo, tivermos de lhes pagar, teremos de abrir mão das Índias... dos lucros do comércio e também da salvação de suas almas... Eu precisava falar isso...

Volta o silêncio, logo quebrado pelo cardeal, que se dirige ao homem:

— O senhor fala bem.

— Falo com franqueza, Eminência.

— Obrigado.

O homem se inclina e volta a seu lugar. O cardeal cruza as

duas mãos sobre a mesa e fica pensando durante uns bons minutos. Parece um longo tempo. Todo mundo aguarda uma decisão. No fim, como se estivesse saindo de um sonho, ele pergunta:

— Terminou? Ou alguém ainda deseja falar?

A pergunta fica sem resposta. Será que ele a fez a si mesmo? Todos os participantes têm o olhar fixo adiante, ninguém levanta a vista, nem mesmo se mexe para afugentar as moscas com a mão. Parece que todos viraram pedra.

O delegado pousa o olhar nas suas luvas. Espera mais um minuto antes de dizer:

— Não vou emitir minha decisão agora. Preciso de uma noite de reflexão e de preces. Nos veremos amanhã de manhã, pela última vez.

E logo se levanta.

Um golpe de matraca. Num minuto, todos os petrificados ficam de pé. Seus lábios se abrem para o salmo da noite.

Mais tarde, no começo da noite, o cardeal está só em seu aposento. Sem ser visto, por uma janela, ele olha o pátio já escuro. A hora de sua solidão chegou.

Os índios estão sentados em seu canto, diante de um fogo aceso. Eles recolocaram os cobertores sobre os ombros e uns monges trouxeram-lhes tigelas com alimento, que eles comem com os dedos. O superior do convento tinha em mente enviá-los, alojá-los em algum hospício da cidade. O delegado preferiu deixá-los ali ainda por uma noite, para que eles pudessem assistir à decisão. Ele os mandou vir de longe. Certamente se sente responsável pelo estado e pela saúde deles. Não esquece que por sua causa — indiretamente — uma mulher morreu na viagem.

A verdade. A verdadeira fé. A verdade. Essas palavras foram

pronunciadas muitas vezes por uns e por outros, durante quatro dias. Para o cardeal, que é o que ele é, nenhuma sombra de dúvida pode manchar essa noção de verdade. Ele vive na época em que Deus ainda está entre os homens e os acompanha de perto, numa Terra enorme situada no centro de um cosmos bem organizado em torno dela. Deus vê e conduz todas as coisas. O deísmo, que o mantém à distância, e o ateísmo, que o dispensa de vez, o cardeal pode imaginá-los, sem dúvida, como uma estranha e absurda ameaça, mas ele não pode de forma alguma aceitá-los, levá-los em consideração.

Por mais sábio e vivido que seja esse espírito, por mais hábil que seja sua inteligência, por mais vigilante que seja sua consciência, todas essas qualidades preciosas têm um limite, que é precisamente a verdade. Para o cardeal Roncieri, essa verdade é como uma jaula em que ele nasceu e na qual se criou, sem nunca perceber que era uma jaula. Fora dela, na treva, estão os territórios da ignorância e do erro, que freqüentemente afastam a pessoa da jaula, a tal ponto que é preciso forçá-los, como diz são Lucas. Só na jaula, mantida pela mão bem-aventurada do Criador, reina a paz, a tranqüilidade da certeza. Na jaula, só o mundo está corretamente estabelecido.

O cardeal tem o ar grave. Quando está só, essa gravidade lhe é habitual. Sem tocar no alimento que está sobre a mesa, ele se afasta lentamente da janela e se ajoelha num genuflexório. Fica um instante em recolhimento, a cabeça baixa, depois ergue os olhos para o crucifixo, como para interrogar uma vez mais essa imagem de simples e velho sofrimento.

Alguém bate à porta.

— Entre.

O jovem monge entra no quarto, traz uma carta na mão.

— O conde Pittaluga não quer incomodá-lo esta noite. Ele queria lhe entregar esta carta. Acho que ela vem do rei.

O cardeal se levanta do genuflexório, pega a carta e a olha sem a abrir.

— O senhor não vai lê-la? — pergunta o jovem monge, que parece admirado.

O cardeal balança a cabeça devagar, respondendo:

— Eu já sei o que o rei quer me dizer.

Põe a carta, como recebeu, sobre a mesa, acrescentando:

— Outros me disseram.

15.

A noite fez esquecer a tempestade. O sol de verão voltou a brilhar desde cedo.

O conjunto dos participantes se levanta quando entra o cardeal, que se dirige a seu estrado pela última vez, tomando cuidado para não tropeçar — mas o degrau foi cuidadosamente consertado, o que ele não sabe.

Golpe de matraca: todos se sentam, até os índios, para os quais foi colocado um banco.

O conde Pittaluga, de cenho franzido, continua lá. Sem dúvida, desmarcou a caçada.

O cardeal, quando tudo se acalma, levanta-se subitamente. Golpe de matraca: os presentes ficam de pé. É assim que eles vão ouvir a declaração oficial, com um ar solene.

Ele inicia com as seguintes palavras, sem nem mesmo, naquela manhã, reservar tempo para uma oração:

— Meus caros irmãos, já tomei minha decisão. Como o disse, não tenho dúvida de que ela será confirmada pelo papa e por toda a Igreja.

As penas dos dois secretários voltam a correr sobre o papel. O cardeal levanta a voz para dizer o que todos esperam:

— Os habitantes das novas terras, a que chamamos Índias, são descendentes legítimos de Adão e Eva, como nós. Eles têm como nós um espírito e uma alma imortal e foram remidos pelo sangue de Cristo. Com efeito, são nossos próximos.

Um sentimento de alegria toma o rosto de Las Casas. Ele foi entendido. Ele olha para Ladrada, seu velho companheiro, que está quase em lágrimas. Olha também para os índios, para quem o franciscano tenta traduzir em voz baixa o veredicto.

O delegado diz ainda, sem se precipitar, para que cada palavra seja ouvida plenamente:

— Eles devem ser tratados com a maior humanidade e justiça, pois são homens de verdade. Essa decisão, conforme a tradição caridosa da tradição católica, será proclamada em todas as igrejas do Velho e do Novo Mundo.

Ele acrescenta, como uma simples formalidade, que o *Democrates alter* do professor Sepúlveda, que foi o pretexto para a controvérsia, não deve receber o *imprimatur*. Não será publicado em terras de Espanha. Depois disso, ele se cala e olha a assistência antes de declarar o debate encerrado.

Sepúlveda levanta a mão e faz sua última intervenção:

— Eminência, perdoe-me, eu respeito naturalmente sua decisão, mas o senhor realmente examinou a extrema importância dessas palavras?

— O senhor acha que sou algum irresponsável? — pergunta o cardeal, que parece perplexo.

— Não, evidentemente. Mas o senhor deve saber, como expliquei aqui, que o senhor está condenando à ruína todos os empreendimentos espanhóis. E todas as instituições.

— O que o senhor chama de ruína?

— A impossibilidade de... de cultivar, de viver decentemente — responde o filósofo.

— O senhor mesmo não disse que a salvação da alma estava acima de qualquer outro fim?

— Sim, eu disse.

— O senhor gostaria que esses homens — pergunta o delegado apontando para os colonos — ganhassem a vida e perdessem a alma? De que lhes adianta a riqueza nesta terra se do outro lado eles a pagarem com as chamas eternas?

Sepúlveda não consegue dizer nada. A armadilha em que está preso foi obra dele mesmo. O cardeal continua interrogando-o:

— Professor, ainda tem alguma lição a me dar? Ainda lhe dou a impressão de que refleti pouco?

— Certamente não, Eminência.

— O senhor acha que não avaliei a responsabilidade de meu cargo, que não orei durante noites inteiras? O senhor acha que não estou consciente de minha decisão, que de hoje em diante nada mais será como antes? Passou por sua cabeça que Deus poderia ter me abandonado no momento de tomar o partido dessas criaturas?

— Era uma simples observação — diz Sepúlveda. — Eu a fiz porque observo à minha volta, como também o senhor, um certo constrangimento.

Nesse ponto, o cardeal não pode contradizê-lo. Esse constrangimento, ele também o sente, como se a decisão tomada — afinal pouco surpreendente — tivesse criado certa insatisfação. Aliás, o tom um tanto irritado com que ele acaba de responder a Sepúlveda mostra que o próprio prelado não está com a alma serena, perfeitamente tranqüila, como deveria.

De repente, a voz do superior, que falava com os dois cavaleiros, se ergue:

— Eminência!

Afastando-se dos dois homens, atravessando uma sala que dá sinais de nervosismo e onde alguns discutem vivamente, o superior aproxima-se do cardeal e lhe fala em voz baixa. Uma idéia acaba de surgir, diz ele, enviada talvez por Deus, no último instante. Ela poderia conciliar tudo, acalmar os ânimos, ser aceita por todos que estão ali.

O superior aproxima-se ainda mais e fala baixinho ao ouvido do delegado, que o escuta atentamente. Na sala, de pé, todos o olham. Um longo silêncio.

Las Casas, que tinha começado a arrumar seus papéis, pára.

Quando o superior termina, o cardeal reflete um instante. Depois balança a cabeça e toca a campainha.

Todos se preparam para escutá-lo.

Ele reflete ainda um instante em silêncio — escolhendo as palavras com cuidado —, em seguida declara:

— Se nada puder ser tirado do que acabo de dizer, cometeremos um grande erro pensando que a Igreja não leva em consideração os interesses legítimos de seus membros.

Las Casas ouve atento. Parece de repente preocupado.

— Sabemos muito bem — continua o prelado — do golpe desferido contra a colonização. Compreendemos bem todo o dano que daí pode advir. Mas existe talvez uma solução, que poderia conciliar tudo, e que acabo de lembrar.

Ele procura as palavras antes de continuar da seguinte forma:

— Se é evidente que os índios são nossos irmãos em Jesus Cristo, dotados de uma alma sensível como nós, e dotados de civilização, em contrapartida, é bem verdade que os habitantes das regiões africanas estão muito mais próximos do animal. Esses habitantes são negros, muito broncos, ignoram toda forma de arte e de escrita, só conseguiram construir algumas taperas... Aristóteles diria que, como é próprio da natureza do escravo, eles são seres totalmente privados da parte deliberativa do espírito, ou seja, da inteligência verdadeira. Conseqüentemente, toda sua atividade é física, o que é verdade, e desde a época dos romanos ele foram dominados e domesticados.

Essas considerações não dizem muita coisa à assembléia. O delegado nada mais faz que enunciar alguns lugares-comuns, que todos estão prontos a aceitar — mesmo que Las Casas e Ladrada mostrem sinais de crescente preocupação.

O cardeal pergunta aos dois colonos:

— Lá já há africanos?

— Sim, Eminência — responde Ramon. — Desde os primeiros tempos da conquista.

Alguns — em seu silêncio — podem estar surpresos com a ignorância do delegado. Será que, em Roma, se fala pouco disso? Ali, na península, todo mundo sabe que o rei de Espanha permitiu que se levassem milhares de escravos da África; quatro mil desde 1518, depois mais cinco mil, e isso sem falar das levas clandestinas. O superior do convento, em voz baixa, lembra todos esses fatos ao prelado, ou finge lembrá-los. Que jogo é aquele? Ninguém sabe ao certo. O prelado indaga:

— Eles se adaptam rapidamente ao clima?

— Até que resistem bem — responde Ramon.

— Quem os envia?

— No começo, os portugueses, principalmente. Eles os capturam, transportam e os revendem. Muito caros, por sinal. Os espanhóis também os comerciam. Ingleses...

— Eles aceitam essa situação? Não se revoltam?

Ninguém consegue responder com precisão. Alguns muxoxos, um e outro leve erguer de ombro. Dúvida ou escolha deliberada de se calar.

— Não posso evidentemente senão sugerir — diz o cardeal —, mas por que vocês mesmos não vão buscá-los em número suficiente? Teriam assim uma mão-de-obra seguramente forte, dócil e ainda menos dispendiosa. A mortalidade dos índios poderia ser compensada dessa forma. Acho que na África isso se acha fácil.

— São os próprios reis deles que os vendem — afirma então o cavaleiro.

O breve silêncio que se segue é dessa vez rompido por Sepúlveda:

— A escravidão é uma instituição antiga e salutar, que responde às classificações da natureza e que permite a preservação da vida. Isso é fato corrente na história. Os escravos são um reservatório de vida. Sua imensa contribuição, constantemente renovada, permite a salvaguarda da espécie humana de categoria superior, a única que conta aos olhos do Criador.

Todos — exceto Las Casas e Ladrada — aprovam com a cabeça. O fenômeno natural que acaba de ser evocado pelo filósofo é bem conhecido. Ele é aqui indiscutível. Preservemos os melhores.

Sepúlveda pergunta então — e ele parece um pouco desamparado:

— A Igreja não se oporia a esse tipo de expedição?

— Por que se oporia? — pergunta o prelado.

Ele acrescenta, voltando-se para o conde Pittaluga:

— A Coroa se opõe? Pelo contrário. Que razão poderia ter a Igreja?

— Nenhuma. Mas deportar tanta gente assim... Sem pensar em sua salvação...

— E o senhor está preocupado com isso? — pergunta com certa rudeza o prelado.

— Mas claro! Naturalmente! Preocupo-me com eles como me preocupo com os outros!

O filósofo, desta vez, não conseguiu esconder sua emoção. Ergueu a voz, quase gritando. O delegado lhe responde:

— Mas, se eles quiserem, nada os impedirá de receber o batismo! Estarão assim mais perto da fé que se tivessem ficado na África!

Sepúlveda nada tem a responder. Las Casas intervém nesse momento:

— Eminência, o rei até agora deu apenas autorizações particulares, não sem reservas e mal-estar, para suprir a falta de mão-de-obra. Se a Igreja não se opuser firmemente a essa operação, isso corre o risco de se transformar muito rapidamente num grande comércio. A sede de dinheiro pode levar todos ao abuso.

— E às guerras — acrescenta o superior. — Às revoluções.

Até o filósofo parece desamparado. Sua inquietação é evidente diante de uma idéia imprevista. Uma larga dimensão dos acontecimentos lhe escapa. No momento, tudo o que ele pode aí entrever é difuso, cheio de perigos, muito vago.

O delegado se dirige a Las Casas:

— De acordo com o senhor, nada pode ser pior que o que já se pratica. O senhor mesmo, parece-me, o senhor já não teve um escravo negro?

— Durante pouco tempo, Eminência — responde Las Casas. — E nunca o tratei como escravo.

— Estava satisfeito com seu serviço?

— Eminência...

Las Casas não consegue responder. De repente ficou todo embaraçado. O erro de sua vida — do qual ninguém, até agora, nem mesmo Sepúlveda, quis falar — acaba de vir à luz diante de todos, pela boca do próprio delegado. A situação, que ele acreditava estar ganha, se volta subitamente contra ele. Sente-se perdido, inseguro.

E o cardeal insiste:

— O senhor mesmo não declarou, se bem me recordo, que

era uma boa solução? E que o senhor a recomendava? Essa idéia não vinha do senhor, para proteger seus caros irmãos índios?

A atitude do dominicano parece, agora, próxima da de um culpado pressionado pelo juiz.

— Eu o disse, sim, junto com outros, quando jovem. E para poupar os índios, sim, é verdade. Que demônio me tomou naquele dia? Não sei. Eminência, eu mudei depressa, como todos mudamos. Eu passei o resto de minha vida lamentando aquelas palavras, a me repreender, a me arrepender. Confessei-me muitas vezes. Acreditei, e creio ainda, que o paraíso estará fechado para mim talvez por causa daquelas palavras. Hoje mesmo, tenho vergonha do que disse e afirmo o contrário...

— Está bem, está bem — diz o cardeal, que parece de repente estar com pressa, decidido a não ouvir mais nada.

Mas o dominicano quer concluir:

— Afirmo que os africanos são homens como os outros! Enganamo-nos sobre eles há séculos! Eles são filhos de Adão! Cristo morreu também por eles! Seria um grave erro, um pecado mortal...

O cardeal pega a campainha e a agita.

— Não, não! Está bem, está bem! Frei Bartolomeu, não vamos recomeçar! Não estamos aqui para isso! Vamos!

O cardeal levanta-se dizendo essas palavras, mostrando bem que a controvérsia terminou, que sua tarefa está concluída. Las Casas quer ir adiante, falar mais. Ladrada o retém pelo braço. O tema proposto à controvérsia foi longamente discutido. Chegou-se a uma conclusão clara, o dever daquela assembléia foi cumprido. Qualquer insistência, qualquer outro protesto seria inútil; talvez até mesmo perigoso.

O cardeal se volta para um de seus assessores:

— Acrescentaremos um codicilo. Prepare-me uma redação.

O assessor balança a cabeça. Ele compreendeu. É bem fácil imaginar que a redação do codicilo será prudente. Quanto às razões profundas do cardeal, ninguém ousa aqui explorá-las, nem mesmo imaginá-las.

Ele se dirige a toda a assistência:

— Em nome de Sua Santidade, eu lhes agradeço a colaboração. Demos graças a Deus por ter estado entre nós até o último instante.

Ele ergue o braço para a bênção.

— *In nomine patris, et filii et spiritus sancti.*

Todos se benzem, e a tensão desaparece.

Último golpe de matraca. O cardeal desce do estrado, acompanhado por seus assessores, e atravessa a sala. Todos se inclinam à sua passagem. Ele saúda à direita e à esquerda, com leves movimentos de cabeça. Sorri vagamente. Seu papel obscuro acaba de ser concluído.

Quando ele sai, os outros se juntam em pequenos grupos que se põem a conversar, dirigindo-se para a porta aberta. Mandam os índios sair. O franciscano lhes diz algumas palavras em nahuatl. O que será deles? Ninguém sabe.

Sepúlveda acaba de arrumar seus documentos. Inclina a cabeça em direção a Las Casas, saudando assim seu adversário vitorioso. Mas o dominicano não parece absolutamente orgulhoso de sua vitória. Ele também, ajudado pelo velho Ladrada, arruma seus livros e papéis, que deixa sobre a mesa. Bastante desamparado — deveria ter sido mais enfático em seu protesto e por mais tempo? —, ele se dirige também para a saída.

No trajeto, encontra o conde Pittaluga, que lhe cede a vez.

A grande sala se esvazia bem depressa.

Logo resta apenas o jovem monge que carrega a matraca, perto da porta. Ele espera que todo mundo saia.

Quando fica só e se prepara para sair também, ouve um ruído. Detém-se na porta e olha.

O africano acaba de entrar na sala por uma outra porta. Ele traz uma vassoura. Os ombros curvados, o olhar no chão, aproxima-se do centro da sala e começa a varrer os cacos da serpente emplumada.

Ouve-se o ruído da vassoura. Um sino se põe a tocar, em algum lugar no monastério.

Ninguém acompanhou a controvérsia com mais atenção que o jovem monge. Tudo o que disseram o deixou estupefato, o assustou, deixou-o muitas vezes confuso. Ele permanece ali no umbral da grande porta, com a matraca, observando o africano silencioso, que varre lentamente os cacos do ídolo.

ESTA OBRA FOI COMPOSTA EM ELECTRA PELO ESTÚDIO O.L.M.
E IMPRESSA PELA GEOGRÁFICA SOBRE PAPEL PÓLEN SOFT DA COMPANHIA
SUZANO PARA A EDITORA SCHWARCZ EM NOVEMBRO DE 2003